さよならノーチラス

最後の恋と、巡る夏

優衣羽

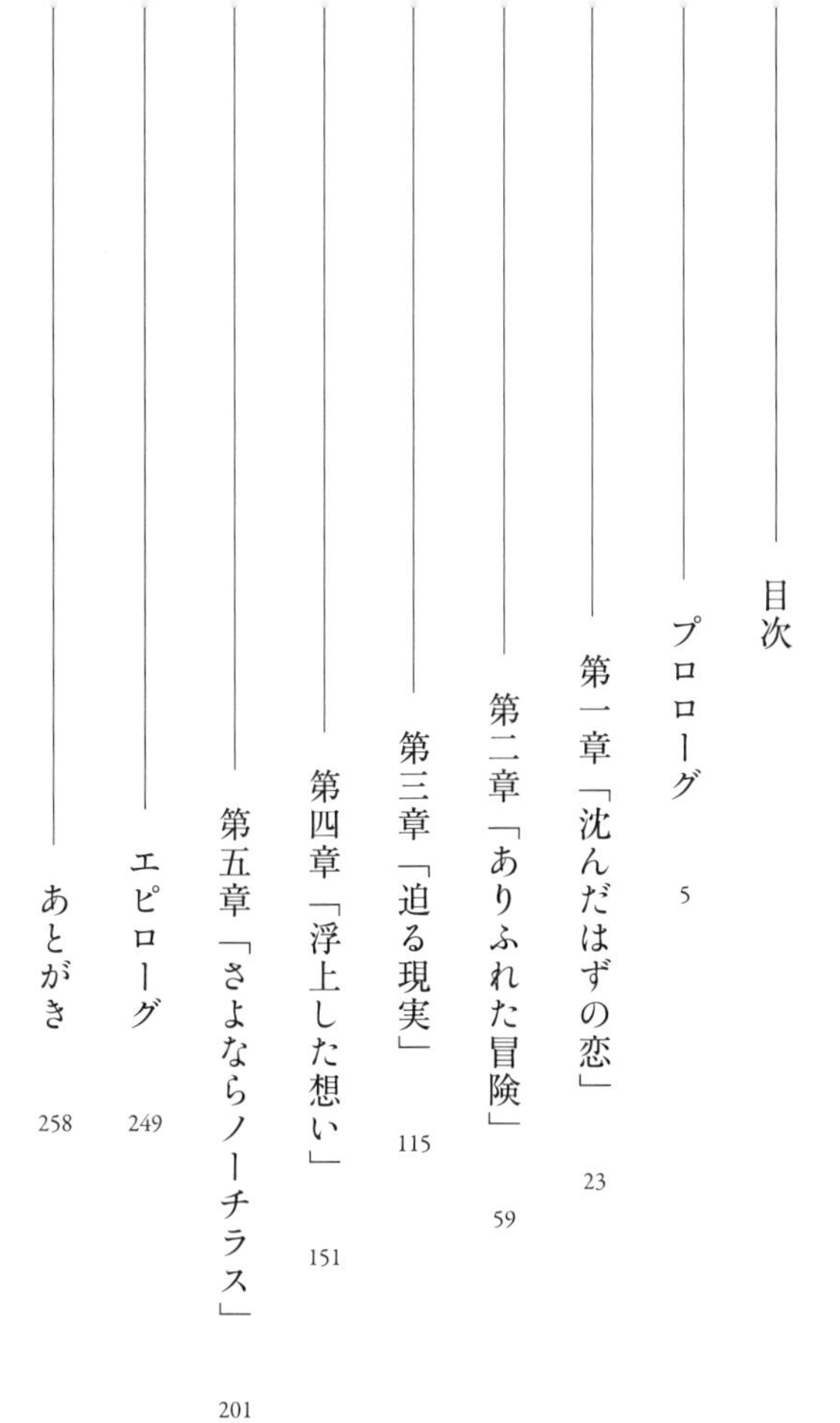

目次

人生で初めてした口づけは潮の味がした。

プロローグ

深い藍色の水の中、開いた瞼の先に自分の物ではない黒髪が揺らめいていた。口の端から零れた息が、小さな気泡となって縦に数個、連続して丸を作った。ゆっくりと上昇していき海面にて弾ける。沈みゆく身体を支えて、その唇を離さないと言わんばかりに強く抱きしめた。零れ落ちていたはずの涙は海水と混ざり合って消え去り、言い出せなかった想いは深海に沈んでいく。頭上から差し込む陽の光は赤く、それが夕暮れだと気付くのに時間はそうかからなかった。

深い海の底に沈んでしまいたかった。二人で一緒に、光さえ届かない場所に落ちていきたかった。浮上すれば現実が待っている事を知っていたからだ。伝える事の出来なかった想いが、言葉にしなくとも届いているのは気付いていた。行動は雄弁で全てを物語る。息が止まってしまったとしても、この唇を離したくはなかった。

永遠を信じていた。たかが十三歳、当たり前の日常は一瞬にして崩れ去り、当たり前に隣にいてくれた人がいない日常に慣れてしまう未来を怖がった。明日から、隣で笑うその姿はない。ころころと表情を変え、頬を赤く染めたり顔を青くしたり、一喜一憂をしながら最後に微笑む君はいない。自分と同じ想いを抱いていたのだろう。沈みゆく中、唇を重ねようとしたのはどちらでもなかった。それはごく自然で、まるで最初からそうであったかのように惹かれ合った。しかし、口に出来なかったのは自分がまだ子供であったからだろう。恥ずかしさが勝ち、傷つく未来を選んだ。もし、あの時口にしていればと、後悔する日があったのも事実だ。

酸素を失った身体が空気を求めて浮上していく。右手は細い腰を支え、左手は折れそうなくらい細く柔らかい指を包み込むように絡めた。光が近づき眩しさに目を細める。時間にすれば一瞬の出来事だったと思う。けれど、それはこの先の人生で永遠に忘れる事の出来ない記憶となった。

十三歳だった自分にとって、人生で初めての口づけは別れを体現した全てだった。

鳴り響く目覚ましの音で目が覚めた。視線の先には散らかった部屋。額から一筋の汗が垂れる。伸ばした手で目覚ましを止め、壊れそうな音を立てる扇風機を一瞥して身体を起こす。開いた窓からは、人を殺してしまいそうなほどの太陽光が部屋に差し込んで熱を籠らせていた。寝る前にかけた薄いタオルケットは足元でグシャグシャになっている。大きな欠伸をしてから、汗ばんだシャツを脱ぎ、そのままシャツで額を拭って呻き声をあげた。久し振りに見た夢がまだ、瞼の裏に焼き付いて離れない。

ぼーっとしたまま部屋を見渡していたが、じわじわと滲み出す汗と蒸し暑い部屋に思考を放棄して近所迷惑など考えもせずに叫んだ。

「暑い！！！」

今年の夏は例年類を見ない猛暑になるでしょうと、涼し気なスタジオで女性アナウンサーが話している。熱中症には充分に気を付けてください、どこに行っても水分補給を欠かさずにと言葉を続けて画面が切り替わった。シャワー後の濡れた髪を拭きながら今日の予定を確認しつつ、すっからかんの冷蔵庫を見て溜息を吐いた。戸棚を開けていつ買ったか分からないインスタントラーメンを開ける。賞味期限は昨日で切れていたが、まだ食べられると自分を納得させてお湯を沸かした。流れるような作業は、一年半弱の一人暮らしで板についてしまったらしい。

ぼさぼさの髪を直す事もせず、首にタオルをかけてペットボトルの水を一気飲みした。そこでようやく、眠気が覚めて視界が鮮明になる。友人からの連絡を流し読みしていれば、やかんが大きな音を出して噴きこぼれそうになった。間一髪でそれを止め、インスタントラーメンに湯を注ぎ、折り畳み式の机に食事を置いた。朝から不健康だと誰かは言うかもしれないが、一人暮らしの男なんてこんなものだ。

　暑い部屋に熱いラーメン、地獄のような状況でそれを口にし、一気に食べ切る。歯を磨きながら髪を整えて鞄（かばん）を背負い、開けっ放しだった窓を閉めた。食べ終わった後の食器を乱暴に流し場に入れれば、壁掛け時計が出発時刻を越していると知らせてくれた。大急ぎで玄関に向かい、鍵を閉めたのを二度確認してアパートを出る。

　今日も変わらない一日が、始まろうとしていた。


「セーフ!!」

「お、ギリギリセーフじゃん大晴（たいせい）。おはよ」

「おはよ」

　鳴り響くチャイムの中、大学の広い講義室に滑り込む。扇形の教室の席は階段式になっていて一番上の学生まで顔が見えた。声をかけてきた青いシャツの男は、自分とは違い、涼しそうな顔をしていて恨めしくなった。階段を上がり、空けていてくれた隣の席に腰かける。朝シャワーを浴びたばかりなのに再び汗が溢（あふ）れてきて、この季節に嫌気が差した。

「おはよう、緑海（みどみ）大晴くん」

　語尾にハートが付きそうなくらいにやけながら腕を組むそいつを一瞥すれば、自分の眉間に皺が寄るのが分かった。溜息を吐きながら鞄からペンケースを取り出す。

「何だよ嵐」

嵐、そう呼ばれた男は筋肉のついた腕を前に伸ばした。青い半袖シャツの袖が、彼の腕の筋肉のせいで悲鳴を上げている。いつか破れるかもしれないと思わせるほど屈強な筋肉だった。

「テスト勉強してきたか？　俺はしてない」

「何でそんなに胸を張って言うんだよ」

「そんな事より俺はこの後の合コンで頭がいっぱいだ」

「煩悩が過ぎんだろ」

大学二年生、夏休み前の最終授業日だった。このテストが終わればしばらく勉強から解放される事になる。もっとも、大学生なんてテスト前の数週間しかまともに勉強していないので、春学期の大半は無意味に時間を過ごしていた気がした。

今日の合コンのために髪を切ったのだろう。昨日まではツーブロックじゃなかったはずだ。こいつ、本当にテストよりも合コンが優先らしい。

「大晴も来いよ」

「俺は行かないって言ったじゃん」

「彼女か？」

「今いないって」

「一年の頃付き合って一瞬で別れた子」

前の席から話に割り込んできた女子学生が意地の悪そうな笑みを浮かべた。肩の出た服に明るい茶色の巻き髪が垂れている。今朝の夢で見た少女とは違う髪型だった。

「前に座ってたのかよ、藤川(ふじかわ)」

「座ってちゃ駄目？　文句ある？」

「文句じゃねえよ、全然気付かなかっただけ」

興味なさそうに、あっそと呟(つぶや)く彼女は同じ学科の学生だった。そしてよく一緒にいるメンバー内の一人でもあった。明るくて男女問わず人気があり、いつもメイクばっちりの彼女の事を好きにならないのかとよく聞かれるが、自分のタイプとは異なっているためそういう風には思えなかった。ノリのいい友人の一人である。

「折角今日で終わりだから一緒に嵐と大晴、紗那(さな)でも誘って飲みに行こうと思ってたのに」

「悪かったな、俺は彼女を作って来る」

「筋肉ゴリラはその髭面(ひげづら)何とかした方が良いと思うんだけど」

「は？　格好いいだろ顎鬚」

　いつものメンバーの名前が挙がり二人が言い合う中、一人を見かけない事に気付いた。

「紗那は？」

「前の方に座ってる。何か教授に聞きたい事があるみたいで」

「勉強熱心な事で」

　自分の顎鬚を触りながら前の方に座る見知った背中を見る友人に倣い、自分もその背中を見た。彼女とは違う暗い茶色のボブヘアーは流行りの髪型で、学内のどこにでも見かけるくらいこの髪型をしている学生が多かった。夢の中で見た髪は、ここまで短くなかった。

　まだ教授が入って来ないのを良い事に話を続ける。今からテストだというのに、勉強をせず話に夢中になっているなど、両親にばれたら怒られるなと思った。

「大晴は？　何か予定でもあるの？」

「あー、明日から地元に帰るからその準備」

「帰るの珍しくない？　お正月とかいつもこっちにいるのに」

「何かじいちゃんが調子よくないらしくて」

「ああ、なるほどね」

「てか大晴、東京出身じゃなかったのかよ」

「俺言わなかったっけ？　十三の時にこっちに来て、大学進学する時にじいちゃんが身体壊して両親が地元に戻ったから一人暮らししてるって」

「それ酔った時に話したでしょ？　嵐が憶えてるわけないじゃん」

　笑いながら隣の友人を指差す彼女に、その指を摑んで文句を言う友人の図はもうお決まりの状況だった。騒ぎ始めた二人をよそに、ようやく入って来た教授がテストを配り始める。問題を見て三人同時に溜息を吐いた頃には、今朝見た夢の事は忘れてしまった。


「で？」

　ストローを嚙みながら薄っぺらい端末を触り、誰かの日常を見る。目の前では頰杖をついた藤川が、嵐に向かって身を乗り出していた。それを見ていた紗那は慌てながら、二人を止めようとしていた。喧嘩が勃発しそうな雰囲気だが、今に始まった事ではないので放置する。この二人はそれがいつも通りだ。

「だから、俺は可愛い女の子を彼女にして花火大会に行く。異論は認めん」

「冗談止めてよ筋肉ゴリラ。付き合う女の子が可哀想」

「あ？　お前みたいな露出度の高い奴は求めてないんだよ」

「ねぇ、迷惑だって。静かにしようよ」

「はぁ？　別に好きな格好して何が悪いのよ」

「いや、違うな。男にモテる服特集を読み込んでるだろ」

「何で知ってんのよ！」

「藤川、この前の飲み会で酔ってその話してたよ」

母から来ていた連絡に返事をし、食べかけのハンバーガーに齧りつく。ファストフード店の一角で顔を真っ赤に染めた藤川は、最悪だと言って机に突っ伏した。ケラケラ笑う嵐をよそに、紗那が彼女を慰めているが効果は薄いだろう。見た目によらず純情な所があるものだ。全ては馬鹿にしたように笑っているこの男を振り向かせるためにしている努力だが、それが実る日は来るのだろうか。今の所来なさそうである。

「じゃあむしろどんな子が好きなのよ？」

乱れた髪を整えながら気を取り直して目の前の嵐に問いかける藤川、その問いに頭を悩ませた嵐だったが、思いついたように指を鳴らし飲み物を手に取った。

「白いワンピースが似合う子」

「それは笑うわ」

隣で思わず噴き出してしまった。ベタ過ぎて面白い。それを聞いた藤川は白いワンピースと呟いて考え込み始めた。その姿が何だか可哀想になって来る。こいつの言っていることなんてほとんど適当なのだから聞き流せばいいのにと思ったが、そうもいかないのだろう。恋愛は人をおかしくさせる。

「た、大晴くんは？　どんな子が良いとかあるの？」

話題を逸らそうとしたのか、紗那が明るい声で問いかけてくる。

「タイプ……あんまり考えた事ないな」

「黒髪ロングって言ってなかったか？」

「そんな事言ってたっけ俺」

「あんたも多分、飲んでる時に言って憶えてないのよ」

それは困ると思ったが、いざ実際にどんな子が好きかと聞かれると言葉に詰まった。自分はどんな子が好きだろう。今まで付き合ってきた異性を思い返したが、共通点は思いつかなかった。

「初恋は？」

すっかり回復した藤川が楽しそうに問いかけてくる。食べ終わったハンバーガーの包みを握りつぶし飲み物に口を付ければ、中の炭酸は気が抜けていて間抜けな味がした。

目を閉じて思い出すのは十三歳の夏だ。記憶の中の少女はセーラー服を着ていて、その瞳からは涙が流れている。もう顔も声も、思い出す事が出来なくなっていた。美しい夏の一瞬だけを切り取ったその思い出は、今もまだこの胸にあり続ける。

「多分八歳とか？」

「何それ詳しく」

いつから好きだったかと言えば、物心ついた時からだろう。正式に気付いたのは八歳の時だったと思う。当たり前に隣にいて笑っていたから、きっとこの先も一緒にいられるものだと思っていた。

「近所に住んでた子」

「少女漫画みたいだね」

目を輝かせて聞く紗那に、そんなものではないと否定する。もし初恋が少女漫画のようだったのなら、離れた後でも連絡を取り合って結ばれただろう。しかし、現実はそうではない。今どこにいて何をしているのかも分からないのだ。子供の頃の恋の結末なんて誰でもそんなものだろう。その子が好きで読んでいた小説のタイトルすら思い出せない。今、東京ですれ違っても気付かない自信がある。

「今でも好き？」

「いや、憶えてるだけ」

目を閉じれば、何度だってあの一瞬が繰り返される。沈みゆく海の中で交わした口づけは、別れを体現した全てだった。あの瞬間だけは憶えているのに、あの後どうやって帰ってその手を離したのかは憶えていないのだ。もしかしたら思い出せないだけなのかもしれない。何かのきっかけで、そういえばと思い出すのかもしれないが、自分にとってその一瞬があまりにも印象的だったから、それだけが、この脳裏を支配している。

「そっか」

微笑んだ紗那の隣でトイレに行くと藤川が席を立てば、嵐が追加注文をすると言って席を離れた。狙ったようにいなくなった二人を見て、またろくな事を考えていないと思ったが、目の前の彼女がその思考を止めた。

「いつ帰って来るとか分かる？」

「八月末には戻って来ると思う」

「そっかあ」

「どっか行く予定立ててたんだろ？　申し訳ない」

「ううん、しょうがないよ！　大丈夫」

祖父の許に行くと決まる前まで、夏休みにドライブ旅行でも行くかと四人で話していた事を思い出す。結局、予定が入ってしまったため断ったが、計画を立てていたのは彼女だった。本当なら自分も四人で遊びに行きたかったたが、仕方がないと肩を落としたのを憶えている。

「最近大晴くん忙しそうだったから。全然出かけられなかったし。大学も来ない日多かったでしょ？」

「そうだった？　俺的には来てたつもりだよ」

「来てたつもりって……。サボり過ぎだよ、バイト入れまくってた？」

「いつも通りだった」

「いつも通りが多いんだよ……」

一人暮らしが大変だと始めてから何度も思い知らされた。生活費を自分で稼ぐのは結構大変だ。いくら両親からの補助があっても可能な限り迷惑をかけたくないという思いから、アルバイトに精を出している日々を送っていた。

「あのさ」

「ん？」

ストローが音を立てて、中身が無くなったという事を知らせた。細かい氷がジャラジャラと鳴って、目の前の彼女が頬を赤く染めながら、量産型の髪を撫でつけた。藤川と違って男受けを体現したような服装だが、本人は好き好んでそれを着てこの髪型にしているので特に気にする気もなかった。

「帰って来てからでいいから出掛けない？」

「いいよ、どこ行く？　車借りて遠出する？」

「あ、皆でじゃなくて。……二人で」

ストローを噛んでいた口が止まった。モジモジと身体を揺らしながらこちらを窺う姿は可愛らしく了承の返事を口にしようとしたが、その瞬間、視界を薄水色が覆った。透き通った薄水色のインクのようなものが垂れて、水の中を揺蕩うように揺らめいている。その向こう側に誰かがいて口を動かした。何を言っているのかは分からない。

ただ、自分は笑っていた。手を伸ばして誰かの頬に触れた。顔は見えない。姿も、煙のようなインクが邪魔をして見えなかった。

「大晴くん？」

パチッと、シャボン玉が弾けたように現実に戻された。驚いて前を見れば紗那がいて、心配そうにこちらを覗き込んでいる。

「どうかした？　大丈夫？」

「俺今何してた？」

「ぼーっとしてた。声かけても全然返事してくれなかったから」

鮮明になった視界には、先程までの薄水色はどこにもない。水の中で煙のように揺らめいて、誰かを隠していたあれは一体何だったのだろう。突然流れた映像に戸惑いを隠せない。全くもって覚えのないものだったからだ。

「疲れてるんじゃない？　テストも終わったから早く寝た方がいいよ」

「……そうだな」

あまりの忙しさに幻影を見たらしい。髪をかき上げて、大きく息を吐いた。そして、目の前の彼女に先程の返答をしようとしたが、どうにも即決する気分にはなれなかった。

「考えとく」

そう言うと彼女は嬉しそうに微笑んだ。その表情を見て、安堵と同時に不思議な気分に襲われた。即決しても良かった。可愛いし、良い子だし、向こうがその気ならいいと思っていたのに、何故か先程の幻に意識が持っていかれた。

きっと東京に戻って来る頃にはこんな考えも無くなるだろうと思い、追加注文を終えて帰って来た嵐の飲み物を奪って飲んだ。嵐が文句を言っている最中に藤川が帰ってきて、そこでまた二人が言い合いになった。

大学二年生、春学期最後の一日だった。

第一章「沈んだはずの恋」

水の中に落ちていって煙のように揺らめいている薄水色が、誰かを隠し続けている。揺らめいた視界の中で、誰かは笑っている。口を動かして自分に何かを伝えようとしていた。けれどその声は音を発せず、唇の動きを読み取る事も出来ない。それでも誰かは言葉を紡いでいて、傍らに座る自分は誰かの手を握っている。身振り手振りで大袈裟に笑って、努めて明るく振舞い、誰かを笑わせている。誰かはおかしそうに腹を抱えていた。視界はキラキラしていて、太陽の反射がやけに目に入った。どこかも分からない、見覚えのない非現実的な景色は、幻だったというように消え去った。

目を開けば乗客が一人もいなくなったバスの中に、眩しい太陽光が窓から差し込み続けていた。首を一周回して隣の席に荷物が置かれているかを確認する。黒いボストンバッグには何着かの洋服と生活必需品が入っていた。一ヶ月過ごすには心許ないと感じる人も多いだろうが、自分にとっては充分過ぎる量だった。

トンネルを抜けて開けた視界には、どこまでも海が広がっていた。午後一時過ぎ、目が痛くなるくらい太陽を反射させた海面は、キラキラというより、ギラギラ輝いていた。サングラスを持ってきた方が良かったのかもしれない。こんな所でサングラスをかけていたら確実に馬鹿にされそうだが、そう思わせるくらいの光だった。目に飛び込んできた地元の海を見て、何だか感慨深い気分になるのは、きっと東京の海と色が違うからだと思った。こちらの海は浅瀬が翡翠色に輝いていて、深度の深い場所は深い藍色だった。

やがて聞き覚えのある停留所の名前が耳に入り、ボタンを押して降りる準備をした。ボストンバッグを手にし、止まったと同時に早足でバスから降りる。降り立ったアスファルトの熱気が足に伝わった時、思わず溜息を零してしまった。

「着いた……」

片側一車線の道路、古びたトタン屋根が潮風に晒され劣化していて、錆びたバス停は辛うじて停留所の名前を表している。屋根の下には、背もたれに広告がプリントされた青いベンチが一つだけ置かれていた。その後ろには風化した白い柵があり、隙間からは終わりの見えない海が広がっている。

何もない場所だった。自分がいなくなってからも変わらないバス停を見て、安堵すると同時に切ない気分にさせられる。変わらないものが存在するのは安心するが、それ以上に変わっていないバス停を嘆く気持ちの方が強かった。どうかこのバス停を何とかして欲しい。お金を割いてあげて欲しいと心から願う。こんなにもみすぼらしい停留所は、見ていて悲しい気分にさせられる。

　車なんてほとんど通らない道路を横断し、郵便局に設置された赤いポストを目印に左へ曲がる。いくつかの角を曲がって傾斜が辛い坂道を上った。子供の頃はいとも容易く上れた坂道に対して息が上がるのは、荷物のせいだと思い込む事にした。そうであって欲しい。まだ二十歳なのに、こんなにも早く体力が落ちた事実を認めたくはなかった。

　やがて見覚えのある古い平屋の一軒家が目に入って足を止める。上って来た道を振り返れば、海は随分と遠くに行ってしまい、代わりに綿菓子のような入道雲が一つだけ浮かんでいるのを見つけた。夏の象徴だ。息が出来ないくらい美しい青の中に浮かぶ雲は、二十年間という人生の中で、幾度となく夏を教えてくれた。

　門の前、黄ばんだインターホンを押す。音が鳴り響いた後、ほどなくして引き戸の玄関が開けられた。そこには小さな子供が数名いて、こちらを見て嬉しそうに声を上げた。

「ばあちゃん、大晴帰ってきた！！！」

　前歯が抜けたタンクトップ姿の男の子が叫びながら中に戻っていくのを見て、苦笑いを浮かべたのは言うまでもないだろう。門を開けて中に入れば、一斉に子供たちに囲まれた。

「大晴お兄ちゃん来たの！」

「久し振り！」

「ねぇ遊ぼう！」

先程走って行った子供も含めて六人の子供たちは、口々に言いたい事を言い始める。

「分かった、分かったからとりあえず入れてくれ」

「あら、お帰り」

困っている所に、玄関先から聞き覚えのある声がして顔を上げた。そこにはしばらく見ていなかった母の姿があった。

「……ただいま」

茶褐色の廊下は歩く度に軋んだ音を立てる。薄い和紙が貼られた障子は開け放たれていて、縁側の先、塀の高さと同じくらいの向日葵が数本咲いていた。チリンと聞こえた音の方向に顔を向ければ、屋根の下、赤い金魚が描かれた風鈴があった。縁は青く、切ない音を鳴らしている。もう一度、風鈴が鳴れば風が吹いて蟬時雨が聞こえ始めた。油蟬の低い鳴き声が耳に届いて嫌というほど夏を知らせる。その音の大きさは東京にいる時の比ではなかった。

記憶を頼りに二階に上がって、一番端の扉を開ける。十三歳の時まで暮らしていた自分の部屋だった。久し振りに見る部屋は時間を感じさせられた。壁に貼ってあるポスター、好きだった音楽、憧れた誰かは、今流行っているものではなかったからだ。この部屋は七年前から時を止めていた。しかし、ベッドのシーツが真新しい物であったり、埃が見当たらない所から、定期的に母が掃除してくれていた事に気付いた。ボストンバッグを床に投げて、ベッドに倒れ込みながらエアコンの電源をつける。風量を最大にすれば、一瞬にして冷たい風が部屋に吹き思わず頰が緩んだ。

「最高……」

一人暮らしをしている東京の部屋は、電気代がもったいないからという理由でエアコンの使用を控えていたので、ようやくありつけた快適な空間に身体が歓喜している。真夏にエアコンをつけないという苦行は最悪であるが、金銭を考えるとそうするしかないだろう。電気代は高いのだ。もう少し、学生に良心的な料金になって欲しい。

「冷房は文明の利器だな」

ベッドに転がりながら携帯電話をいじる。大学の友人たちから連絡が来ているのに気付いて返事をしようと上体を起こした時だった、机の上に置かれた写真に気付いたのは。

写真の中には自分ともう一人、少女が写っていた。中学校の入学式に撮った写真だろう。真新しい制服を着た二人が、校門の前でポーズを決めている。少女はこちらの腕を摑んで嬉しそうにピースサインをしていて、自分はそれに驚いてカメラから目線を外してしまっていた。立ち上がり写真を手に取る。携帯電話を机の上に置いて、写真の中に写る少女を見ていた。不意に携帯が震える。画面には紗那からのメッセージが表示されていた。

『ここに行きたいの』

画像はテーマパークだった。デートスポットの定番と言われる場所である。けれど、何故か返信する気が起きなかった。画面を暗くして送られてきたメッセージに見ない振りをし、写真を元の位置に戻す。そして、記憶を頼りに引き出しを開ければ、分厚いアルバムが入っていた。手に取って一枚ずつページをめくれば、自分と少女が写り続けていた。小さな子供の頃から制服姿になるまで、何十枚もの写真が収められていた。そして最後に、半袖シャツの自分と、水色のセーラー服を着た少女が楽しそうに笑っている写真が収められていた。それは間違いなく、人生で初めて愛した人の姿だった。

十三歳の頃で止まった思い出が更新される事はなく、そのまま七年の年月が過ぎ去った。一度も会う事がないまま、一度も連絡を取り合わないまま大人になった。今どこで何をしているのかも分からない。簡単に繫がれる時代になったのに、連絡先は薄っぺらい端末には入っていなかった。子供の頃から続いた淡い初恋は、過ぎ去ってしまえば簡単なものだった。名前は憶えている。姿も憶えている。けれど、思い出は十三歳で止まったままだから、今少女が目の前に現れても分からないかもしれない。それほどまでに時間が経ったのだと痛感する。

好きだった。物心ついた時からずっと一緒にいた。どんな時も一緒で、兄妹のようだと言われる事もあった。自由人でマイペースな僕の手を、しっかり者の少女はいつも引っ張ってくれていた。同い年のはずなのに、時折、自分よりもずっと大人な考え方をする少女の横顔を見続けていた。同じ本を繰り返し読んで、こんな冒険がしたいと楽しそうに話していた。あれだけ読んでいる所を見ていたのに、本のタイトルさえも思い出せない自分がいた。

恋心は、きっともうどこかに消えてしまった。会わなくなって、色々な人と出会い、それなりに恋愛もして人生を歩んできたから、今更会っても懐かしいと言い合う事しか出来ないだろう。けれどもし会えるなら、読んでいた本のタイトルくらい教えて貰おうと思った。きっと、忘れたの？　と言って笑うだろう。もうその声すらも思い出せないけれど。

　不意に扉をノックする音が聞こえて、慌ててアルバムを引き出しに閉まった。開いた扉の先には子供たちに囲まれた母がいて苦笑いをしていた。その表情を見て、これから起きるであろう事に顔が引き攣ったのは言うまでもなかった。


「全然元気そうじゃん」

「そう簡単にくたばらんわい」

　病院の一室で雑誌を読みながら笑っていた祖父は、聞いていたよりもずっと元気そうだった。無精ひげを触りながら耳を動かし、かけている眼鏡を上下させている。相変わらずふざけるのが好きな人だった。

「やばそうって聞いたから帰って来たんだけど」

「やばくないわ。失礼な奴め」

　持病が悪化して入院している。それを聞いたのは夏休みに入る一週間前の事だった。御年八十歳。いつ死んでしまってもおかしくはないかもしれないと連絡を受けた。本人はピンピンしているが、両親にとっては一大事であったのだろう。

「まだ生きているからな」

「安心したよ」

「わざわざ帰って来させてすまんな。向こうで遊びたかっただろう」

「まあ、大学の友達はいつでも会えるし」

それに電気代が浮いたから丁度良かったと言葉を続ければ、祖父は哀れむような目でこちらを見た。そんな顔しないで欲しい。

「冷房つけんと死ぬぞ」

「大学生はジリ貧なの。電気代浮かせて遊びたいし」

「最近の若い奴は分からんな」

呆(あき)れ笑いをしている祖父を見て、こんな事がなければここには帰って来なかったかもしれないと思った。地元が嫌いなわけではない。両親もいれば祖父もいる。だが、自分にとって今一番いたい場所は東京だった。友人たちと遊んで、バイトに精を出して、お金に余裕はなくとも有り触れた大学生活を謳歌(おうか)しているからだ。親元を離れてから自由になった生活を満喫している。

「家は騒がしいだろ」

祖父の言葉に、今度はこちらが呆れ笑いをしてしまった。今、実家は親戚一同で溢れ返っている。姉夫婦と兄夫婦、従兄弟たちまで子供を連れて来ているのだ。皆、実家からそう遠くない場所に住んでいるため泊まっているのは自分と数名だけだが、とにかくうるさくて仕方がない。六人の子供は騒ぎまくっているし、部屋にいても侵入してくる。子供は嫌いじゃないけれど、さすがに大変だった。子供を除いた中で一番若いので、子供たちには兄のように見られているのだろう。懐かれているのは嬉しいが、心が休まる空間でないのは確かだ。今だって帰りに子供たち用のアイスを買って来いと言われている。最早パシリだ。

「一週間もすれば少し静かになるでしょ」

人が溢れている家の中だが、それが終われば静かになるだろう。祖父の調子も思っていたより良さそうだったから、皆安心して帰るだろう。

「その頃にはわしも帰ってるだろうしな」

「死んでなかったらね」

「縁起でもない事を言うな」

口にした死は、存外軽く受け止められた。いつからか、死という言葉の重みが軽くなった。友人たちの間で冗談交じりに口にするそれは、酷く現実味のない言葉だった。課題が終わらないから死ぬとか、テストが死んだとか、彼女が出来ないから死ぬとか、そんなくだらない使い方をするのが当たり前になっていた。今だってそうだ。祖父が死ぬわけないと思っている。確かに年齢が年齢だから、自分よりもずっと死に近いだろう。けれど、こんなにも元気にしている人がそう簡単に死ぬとは思えなかった。

コンビニでアイスを買って外に出れば、太陽はいつの間にか傾いていて、空は茜色に染まっていた。水平線に落ちていく夕陽は綺麗で、歩きながらそれを見つめ続けていた。片手に提げた袋を軽く揺らしながら帰る時間は東京にいる時では味わえない、緩やかな時間だった。たまにはこんな時間も悪くないと思っていた、その時だった。

視線の先、堤防の上で黒いレースの日傘を差している人が目に入った。見覚えのない後ろ姿は、この世の物とは思えない雰囲気を纏っていた。無視して通り過ぎることも出来たはずなのに、何故か足がそちらに進んでいく。まるで魅入られたかのように距離を縮めていった。近くに来て、その人物が女性である事に気付く。女性は日焼け防止用の二の腕まである長い手袋を着けていて、日傘を差しているのにもかかわらず、麦わら帽子を被っていた。白いワンピースが潮風に揺られて、隙間から黒髪が見えた。

踏みしめた足が砂利を踏んで音を鳴らした。音に気付いた女性はこちらを振り向く。その顔を見て、時が止まった。

最後に見たのは十三歳の時だった。その頃はこんなにも白い肌ではなく、いつも日焼けを気にしていた。水泳部に入っていたせいで焼けた肌に文句を言っていたのに、時間は残酷だと今更ながらに気付く。久し振りに会った幼馴染は、美しい女性に変貌を遂げていた。

「黎夏」

口にするのも久し振りだった名前は、確かに相手に届いた。瞳が大きく見開かれて、何故か眉間に深く皺を寄せている。

「……久し振り、俺の事分かる？」

七年振りだけど、と言葉を続ければ眉間の皺は消え去った。

「晴」

晴と呼ぶのは、今も昔も世界でたった一人だけだった。七年振りに聞いた君の声は柔らかくて、あの頃ずっと聞いていたのにもかかわらず、忘れてしまっていた声だった。一瞬にして懐かしい気持ちが湧き上がり、全身の血が駆け巡って鼓動を鳴らす。

「忘れられたかと思った」

頬を掻けば、君は首を横に振った。その背に夕陽が落ちていく。

「……忘れるわけない」

僕は忘れていたのだ。君の声も、どんな顔で笑っていたのかも、全部七年という月日の中で消え去ってしまった。口には出来ず、言葉を喉奥まで呑み込む。

「何でこっちにいるの？」

「大学の夏休みで。じいちゃんが入院したって聞いたから帰って来たんだけど、全然元気そうで意味なかった」

あの頃、どんな風に君と話していただろう。どんな顔をしていただろう。思い出せなくて、平静を装った。堤防の上に上ったままの君はこちらを見下ろして、ただ一言、そっかと口にした。

「危ないから降りたら？」

ほら、と空いている方の手を伸ばす。しかし、君は伸ばした手を取ろうとはしなかった。

「黎夏？」

不思議に思ってその名を呼べば、君はジャンプをして目の前に降りてきた。

「相変わらずで」

差し伸べた手を戻し、ひらひらと振れば、君はそれを一瞥した後、先を歩き始めた。

「相変わらずって失礼じゃない？」

「昔からそうだし」

昔から君は人の手を借りるのを嫌がった。それに引き換え、自分は君に手を引っ張られてばかりだった。

「びっくりした。こんな所で会うとは思わなかった」

「私も」

日傘を差したまま、こちらを見ずに返事をする君はあの頃とはどこか変わっていた。

「今何してるの？」

「何してるのってどういう事？」

「いや、大学でも通ってんのかなって思って」

「……大学生だよ、一応」

「大学は入れたのね、勉強出来なかった黎夏が」

「失礼じゃない？」

ようやくこちらを見た君はとても不服そうで、白い頬を大きく膨らませていた。その顔がおかしくて仕方なくて、思わず吹き出してしまう。すると君はこちらを睨(にら)みつけた後、脛(すね)をめがけて蹴りを飛ばしてきた。

「あっぶね!!」

すんでの所で回避すれば舌打ちが聞こえてきて苦笑してしまった。

「怒るとすぐ手が出る所、変えた方がいいって俺よく言ってたのに」

「晴が怒らせるような事ばっかするからでしょ」

正論過ぎてぐうの音も出ない。歩き始めた君の背を追いかけて隣に並んだが、機嫌はまだ直りそうにもなかった。

「実家から通ってんの？」

「そう」

「アルバイトは？」

「してない」

「夏休みの予定は？」

「特にない」

「奇遇だね、俺も」

一度機嫌を損ねたらしばらく直らないのは健在らしい。しかし、無視はしない所を見る限り、本気で怒っているわけではないのだろう。理由は忘れたが、昔彼女を激怒させたことがある。その時は一週間くらい口を利いてもらえなかった。

再会してから、思い出がどんどん蘇って来る。忘れたと思っていたが、脳の奥底に仕舞われていただけのようだった。けれど、再会しなければ思い出す事もなかったのだろう。

「今さ、家うるさいんだよ。親戚集まってて」

「夏休みだからね」

「小さい子六人もいるし。姉ちゃんにはパシリに使われるし」

「昔からお姉さんには頭上がらないからでしょ」

「暇なんだよね」

「それは知らない」

ポケットの中に手を突っ込んで端末を取り出す。それを見た君は足を止めた。

「こっちにいる間だけでいいから遊ばない？」

この再会を、ただの偶然だとは思いたくなかったからなのかもしれない。そして今、別れてしまえば、もう二度と会えないような気がした。君を繋ぎ止めておく何かが欲しかったのだと思う。

「連絡先、知らないままだったから」

携帯電話を替えて、君の連絡先はなくなってしまったのだ。高校生までは当たり前に存在していた君の名前は簡単に消え去ってしまった。

君の顔には躊躇（ためら）いが見えた。しかし、押しに弱い事は知っているのだ。

「折角また会えたのになあー」

わざと大声を出して残念がる。分かりやすく肩を落として唇を尖（とが）らせた。

「久し振りに遊びたいだけなんだけどなあー」

これが君に有効な手段だという事は、一緒にいた十三年間で学んでいるのだ。

「幼馴染の事嫌いなのかー、そっかあー」

わざとらしく端末をポケットに戻そうとする。すると、君は大きく溜息を吐いて自分と同じように端末を取り出した。

「分かった、教えるから。大きな声出さないで」

ほら成功だ。面倒見が良くて押しに弱く、情に流されやすい。どれだけ成長して変わっていっても、人の本質は変わらないのだと安心した。大げさに喜んで連絡先を交換する。藍原（あいはら）黎夏とフルネームが画面に表示されて、頬が緩んだのは気付かれていないだろう。

「連絡していい？」

「……駄目って言ってもするんでしょ」

「する。帰ったら絶対する」

君が再び大きな溜息を吐いて頭を抱えたが、素知らぬふりで端末をポケットに仕舞った。

「明日空いてる？」

「……空いてない」

「オッケー空いてるのね。久々の地元案内してよ」

君の沈黙は肯定の意味だ。目を逸らすのも、嘘をついている時の仕草だ。君は日傘を畳み、こちらをじっと見つめた。夕陽はいつの間にか落ちてしまっていた。ヒグラシの特徴的な高い鳴き声が耳に届いて、日中とは違う雰囲気が辺りを支配した。

「夕方からならね」

案の定承諾したので微笑めば、君は唇を尖らせて足を止める。いつの間にか分かれ道に差し掛かっていた。

「じゃあまた明日」

手を振れば君も軽く手をあげてひらひらと動かし、何も言わずに歩いていく。その背中が見えなくなるまで見つめ続けていた時、持っていた袋の中から水音が聞こえた。嫌な予感がして中を見れば、アイスが入っているはずの袋の中が液状化していて、ご丁寧に溶けていると教えてくれた。

「……絶対もう一回買いに行かされる」

片手で髪をグシャグシャに掻いて帰路につく。再会に浮足立って、当初の目的を忘れ話に夢中になっていたなんて、口が裂けても言えなかった。


「アクアマリンだよ」

誰かが言った。誰なのかは分からない。けれど、この薄水色がアクアマリンを表しているのだと分かった。煙のように揺蕩う色の名がアクアマリンだと知って、何だかスッキリしたような気分に襲われた。

「アクアマリンは石だよ」

それは知っている。三月の誕生石だと、友人が教えてくれた。彼の元恋人が三月生まれだったから欲しがっていたけれど、渡す前に別れたという何とも言えない話を思い出す名前だ。

「色の名前でもあるよ」

それは知らなかった。アクアマリンという色なのか。日本語では何というのだろう。漢字にしたら、難しい物になりそうだと思った。

「ラテン語では海水って意味なんだって」

誰かは言葉を続けている。透き通っていて爽やかな色だと思う。しかし、深度の深い場所はこの色ではないだろう。僕にはどちらかというと、空の色に見える。真昼の雲一つない真っ青な空の色の方が、こちらに合うような気がした。

「綺麗だよ」

唇が勝手に動いて、考える前に声が出た。驚いて口を覆ったが、向こう側で誰かが笑った気がした。

「そうだといいな」

その声は酷く寂しそうで、決して自分の言葉を肯定しているわけではなかった。訳が分からなくてそちら側に手を伸ばす。しかし、伸ばした手は空を掻き、視界を誰かが言った海水色で埋め尽くされた。


「……何だよ」

起き抜けに発した声は、自分とは思えないくらい低いものだった。不満が籠った一言は、身体の上に乗っていた子供に向けられて発した言葉だった。少年はキラキラした目でこちらを見ている。時刻は朝五時、休みの日に起きる時間でない事は確かだった。

「おはよう!!」

耳が痛い。朝からどうしてそんなに元気なのか教えて欲しい。自分が子供の頃、同じように元気でいただろうか。そんな覚えはなかった。いつまでも寝続けていて君に起こされていたはずだ。

「俺もう一回寝るから、母ちゃんの所に行って相手してもらって」

姉の息子は姉にそっくりの横暴っぷりを発揮していた。彼をどかして目を閉じても、大声で起きてと何度も叫ばれる。最初こそ我慢していたが、いい加減耐え切れなくなって起き上がった。彼の声で、眠気はどこかに消えてしまった。

「明日からは九時以降に来てくれ……」

溜息を吐きながら時計の九の文字を指すが、時計を読める歳(とし)ではなく、彼は首を傾(かし)げるだけだった。諦めてその手を取って一階に向かえば、起きているのは母と子供たちだけで、思わず呆れ笑いをしてしまった。

「しんどい!」

ようやく解放された身体を投げ出してベッドに横たわる。朝から休みなく子供たちの相手をしていて、気付けば約束の時間が目前に迫っていた。

「体力おばけかよ」

大人になってから分かるのが、子供の体力は底なしという事だ。自分だってほどほどに体力があるはずなのに、彼らには一ミリも敵わない。遊びにだけ体力を注いでいるのが子供だが、大人が同じように遊びにだけ体力を使ったら同じように動けるのか疑問に思ってしまう。

反動をつけてベッドから起き上がり、服を着替えていく。よれたシャツで会いたくないのは、ただの格好つけかどうかは分からない。この心の中、僅かに残りくすぶっている思慕からなのかもしれない。今更格好つけた所で、情けない姿は何十回も晒してきたため、君は気にも留めないだろう。どれだけ成長しても人の本質は変わらない。

貴重品だけをポケットに突っ込んで、台所に立っている母の背に出掛けてくると声をかけて玄関に向かう。乱雑に置かれた靴の中で、自分のサンダルに足を通す。引き戸を開けて外に出れば、昨日と変わらない熱気が頬を掠めた。

夕焼けに染まった坂道は昨日と同じように遠くの海を照らして煌めかせていた。伸びた影は揺らめいて、止まない蟬時雨が脳に反響する。足はゆっくりと、思い出の地に向かって行った。何度か角を曲がり、木々が生い茂る道を真っ直ぐ歩いていく。長い階段の先にある神社の前を通り過ぎて、見晴らしのいい公園に辿り着く。待ち人は既にそこにいて、昨日と変わらない格好でブランコに座り、本を読んでいた。

「黎夏」

名を呼んだ瞬間、口角が緩んだ気がした。ゆっくりと、本から視線を外してこちらを向く君の瞳が、真っ直ぐこちらを射貫いた。それだけで心臓が高鳴るのは昔から変わることのない事実だった。

「昨日ぶり」

手をひらひらと振れば、君は読んでいた本を閉じて膝に置いた。

「何読んでたの？」

ブランコを囲む柵に腰をかけて君の膝の上を見る。随分とボロボロの本は年季が入った証拠だった。

「憶えてないの？」

「タイトルまでは」

昔から君が読んでいた小説があったのは憶えている。けれど、それが何という題名で、どんな物語であったかは憶えていないのだ。何度も聞いた展開は時間と共に消え去ってしまった。多分、自分自身が本を読むという行為が好きではなかったからなのかもしれない。本を読んでいるくらいなら、その時間で携帯ゲームでもしているだろう。君は溜息を吐きながら本を持ち、こちらに表紙を見せてきた。

　表紙には潜水艦の絵が描かれていた。紺色の背景の中、薄黄色の光が一筋、潜水艦を照らしている。

「ヴェルヌの『海底二万里』」

「聞き覚えがある」

「それはそうでしょ」

　パラパラとページをめくって、愛(いと)おしそうに背表紙を撫でるその姿は、ただの本に向ける表情には見えなかった。

「どんな内容だったっけ」

「また話してもすぐ忘れるでしょ」

「分かんない。今度は忘れないかも」

　そう言って何度も聞いて忘れるのはご愛嬌だ。でも君は優しいから、必ず内容を口にするだろう。僕を見て頭を抱えながら息を吸い込んだのは、その証拠だ。

「イッカクだと思われていた生物が実はノーチラス号っていう潜水艦で、それに救助された主人公たちが一緒に冒険するんだけど、船長が復讐心(ふくしゅうしん)を抱いていて、ある日軍艦を撃沈してしまって主人公たちが不信感を抱いて脱出する話」

「分かりやすい説明ありがとうございます」

そういえば確かに、そんな話を聞いた気がした。君に何度も薦められたから流し読みをしたけれど、文章が難しくて内容が入って来なかった。いくら名作であれ、昔の作品は読みにくいのだ。その時代に生きている人間から見れば、そうは思わないのかもしれないが、普段読書をしない現代の人間にとって、この作品は冗長過ぎる。本題に入るまでが長かったはずだ。

「って言ってもまた忘れるんだろうけど」

「忘れたら何度だって教えてよ」

君との関係を繋ぎ止めるための一言だった。

僕らはもう、大人になってしまった。目の前にある距離は間違いなく、歩んできた時間が生み出した心の距離だ。同じ場所にいても、同じ物を見ていても、感じ方が違うのが人間だ。だからこそ、誰かと一緒にいて時間を共有したがる。けれど、僕らの時間は昨日まで共有されなかった。僕の言葉に目を見開いて苦い顔をする理由だって、もう分からない。

「……もう散々教えた」

「確かに」

今度はこっちが苦い顔をする番だった。君に興味がないわけじゃない。ただ、本にそこまでの興味を持てないのだ。

「潜水艦と言えば」

話を逸らすためにわざと明るい声を上げて指を鳴らす。風が吹いて、君は帽子が飛ばされないように強く握り締めていた。夕焼けが君の頬に反射してキラキラ輝く。

「あそこ案内してよ。博物館」

海沿いに位置し、鉱山があるこの町は、その昔、貿易の拠点として使われていた。今は見る影もないが、かつては様々な交易品やお宝がここを行き交っていたらしい。この町の鉱山でしか取れない鉱物は当時、とても価値があるものだったらしいが、今はただの鉱石と化している。

君のお父さんは、そんな歴史を遺(のこ)すために造られた博物館で働いていた。憶えている限りでは、歴史的資料や交易品などが置かれていたはずだ。

「晴、頭でも打った？」

「は？　何で？」

「博物館とか行きたがるような人間じゃなかったから」

怪しいと言葉を続ける君に、胸を叩いて立ち上がる。

「帰って来たからちょっと寄ってみるのもありかなって思っただけだよ！」

「あ、そう」

興味なさげに返事をして再び本に視線を移す君を、腰を下ろして頰杖をつきながら見ていた。自分から聞いてきたのに、酷い奴である。昔の君はこんな人間だっただろうか。確かに、昔から溜息を吐かせて心配をかける事が多かったが、本来の君は冒険好きで僕の手を引っ張ってどこかに行っていたはずだ。女子は大人になると落ち着くのだろうか。男の方が精神年齢が低いのよと大学の友人が言っていたが、どうやらそれは本当だったらしい。今の君に冒険なんて言葉は必要ないのだろう。

目の前の君は日焼け防止グッズを思う存分に使っていた。長い手袋も帽子も、立てかけてある日傘も、全ては日焼けを防ぐためだろう。昔、すぐ日焼けしてしまう自分の肌が嫌だと言っていた。水泳部に所属していたから日焼けするのは当然だし、黒くなった所で大して変わらないだろうと返事をすれば、とてつもなく怒られたのを憶えている。そんな君がここまで白い肌を手に入れるとは、一体誰が想像出来ただろう。紛れもなく、この日焼け防止グッズたちと君のたゆまぬ努力のおかげだ。

「俺さ、大学でフットサルやってたんだよね。怪我して辞めたんだけど」

「そう」

突然脈絡のない話をしても、返ってくるのは相槌(あいづち)だけだ。試すように話してみたが、これは多分聞いてないだろう。君は本に夢中だ。何十回も読んだ本に、何をそこまで感じるのだろうか。久々の再会をした幼馴染よりも、長年連れ添った本の方が大事らしい。

「アルバイトはこないだまで居酒屋で働いてた。夏休み出られないってなって辞めたけど。高時給だったなあ」

「そう」

こうなったら、相槌以外が返ってくるまでとことん話しかけてやろう。そう思い、君に会わなくなってからの話と今の近況を語り続けた。いつの間にか陽が落ちて、街灯が公園を照らした。空には月と星が輝いていて、夜とは思えないほどの明るさだった。

「それでさ」

「うん」

「……聞いてる？」

「聞いてる」

暗くなったというのに本を読み続ける君を見て、それだけ熱中出来るのが凄いと感心してしまう。何十回も読んでいるのに飽きないという点でもそうだが、それほどまでに心を突き動かされるような情熱を、僕は持っているだろうか。自分には何か熱中出来る物があっただろうかと考えるも、すぐに出て来ない所を見ると、何もないんだとどこかで納得してしまった。

有り触れた人生を歩んでいる。子供の頃は毎日が冒険だった。体力の限界が来るまで町中を走り回って、君に手を引かれて色んな場所に行って、色んな物を見た。今思えば、あれほどまでに君が冒険に重きを置いていたのは、間違いなくこの本のせいだろう。語られた絵空事の冒険譚を、僕らは本気で信じていた。日常の中にまだ見ぬ世界があって、それを見つけるために走っていた。この町は海もあるし、鉱山もあるから、ある意味では冒険しがいのある土地だろう。けれど、あくまで絵空事は絵空事だ。現実ではない。

物語はフィクションだ。実際見た事があるものも描かれているだろうが、この本は空想を描いている。現実を描いているわけではない。もし現実だとしたら、随分数奇な人生を送ったと感心してしまう。

大人になるにつれ、冒険をしなくなった。心躍るような瞬間はなく、適当に良い大学を受け合格し一人暮らしを始め、バイトに精を出して休日には友人と遊びまくる。恋愛だってほどほどにして、将来の事など何一つ考えないままで二十歳を迎えた。二十歳になれば色んな事が解禁されたが、その全てにも慣れてしまった。

　僕は何がしたかったのだろう。子供の頃、何を夢見ていたのだろう。キラキラ目を輝かせた君の横顔を見て、どんな事を考えていたのだろう。あの横顔は忘れないくせに、自分自身の事や、当時やりたかった事は忘れているのだ。もしかしたらなかったのかもしれないが、そんな風には思えなかった。きっと現実が僕に夢を捨てさせた。

「何がしたかったんだろう……」

　空に輝く星の名前すら分からなくても、大人にはなれる。月に手を伸ばしても、届かなくて当然だと考えるようになる。目の前の人の気持ちなんて知らなくても、関係は築ける。

「……何がって何が」

　相槌以外の返事がきて視線を君に向けた。しかし、やはりその視線は本に注がれたままだった。諦めて空を眺め続ける。星が今にも降ってきそうなのに、空はこんなにも高くて届きもしない。

「俺、何がしたかったんだろうなって。夢も何もないまま適当に毎日を過ごして、皆が行くからって理由だけで、そこまで学びたくない学科専攻して大学に通って二十歳になった。それなりに楽しくやってるし、友達だっているんだけど」

「けど?」

「二十歳になったら色んな事が変わると思ったんだ。大人になって将来像とかが見えると勝手に思ってた」

紺碧の空に手を伸ばす。届きもしない無意味な行為だ。けれど成長するにつれ、僕らはいつの間にか無意味な行為をしなくなった。

「でも違った」

変わると思っていた。きっと期待を抱いていたのだ。何もしなければ何かを変えられないと分かっているくせに、環境が自分を変えてくれると思った。

「二十歳になってもやりたい事は見つからないし、この先どうしたいかも分からない。他人と同じような選択をして、よくある日常を過ごして。それでいいのかって自分自身に問いかけても何がしたいのか分からないから変わらない」

このままじゃ駄目だと、誰かは言うだろう。そう感じる所もあるけれど、だからといってどうすればいいのかなど分からないままだ。

「人はいつから、冒険する事を止めたのかなって」

君が好きな本のように、と言葉を続けた。

「子供の頃はあんなにも世界が輝いて見えたんだ。大きくはないけど、夢だってきっと抱いてた。でもいつからそれを思い出せなくなって、世界が輝かなくなったんだろう」

実家にいる子供たちも、いつかこんな風になってしまうのだろうか。自分のような大人にはなって欲しくないと願う。どうか、夢を持っていて欲しい。いつか大人になった時、何もないと思ってしまわぬように。あの輝く瞳から、光が失われる瞬間を見たくないと思った。

「俺はずっと、何がしたかったんだろう」

「じゃあ探せばいいじゃん」

「え？」

ぱたんと、本が閉じられる音がした。そちらを見れば、君が両手で本を閉じてこちらを見ていた。その瞳は子供の頃と同じで輝いていたが、あの頃とは違う強い意志が感じられた。

「やりたい事。今からでも遅くないでしょ」

「遅いかもしれない」

「物事に早い遅いはないよ。死ぬまでは」

立てかけてあった日傘を手に取った君の足元に、小さな石が転がっていた。それは街灯の光に反射していて、この町で取れる鉱石を思わせた。

「でもどうすれば見つかると思う？」

「逆に何をしたら見つかると思うの」

君は本の角で僕の頭を叩いた。軽くであったが、背表紙が頭に刺さり痛かったのは事実だ。

「……何すんのさ」

「辛気臭い顔してたから。晴らしくないと思って」

「俺だって辛気臭い顔くらいするよ」

歩き始めた君を追いかけるため、立ち上がってその背を追った。白いワンピースが夜闇に溶け込む事なく色彩を放つ。まるで光のように思えた。

「で、何したら見つかると思うの？」

振り向いた君は笑っていて、再会してから初めて笑顔を見たなと、くだらない事を思った。怒らせるような事ばかりを言っている自分が悪いのだが、あの頃よりずっと綺麗になっても君の笑顔は変わらなかった。僕にとっては、いつだって希望を秘めている表情だ。

「……冒険、とか？」

本を指差して答える。君は目を閉じた。

「子供の頃、黎夏に引っ張られて色んな所行った」

「って言っても町の中だけだけどね」

「俺あれが凄い楽しかったんだよね」

有り得ない事が起きるかもしれないと思えたのだ。実際はいつも見ていた町の、何気ない一瞬を切り取っただけのものであったが、二人で走り回っていたあの瞬間が、人生で一番幸せな時間だった。

「じゃあやろうよ」

君は本を抱えた。その背に月明かりが差し込んで、白いワンピースに反射し、まるでこの世の物とは思えないくらい美しかった。手を伸ばせば消えてしまうのではないかと勘違いするくらい透き通って見えた。

「あの頃した冒険、もう一度やろう」

「……二人で？」

「二人で」

僕の言葉を肯定して頷いた君の視線はずっとこちらに向いていた。手を広げて、地面に影を作り出す。

「それで晴が答えを見つけたら終わりにしよう」

「答えを見つけるまで付き合ってくれるの？」

「この夏が終わるまではね」

帰るまで時間はあと一ヶ月ある。八月はまだ始まったばかりだった。

僕は笑った。君は変わらず、優しい瞳でこちらを見ていて、昔と変わらないなあなんてぼやく。僕が何かに迷った時、道標になってくれるのはいつだって君だった。人生で立ち止まった時、思い出すのはあの頃の君だった。潜水艦が深海でも迷わず進めるのは、道標になる光が存在するからだ。

「じゃあもう一度、あの夏を繰り返そう」

微笑んだ僕の光は満足そうで、暗い帰り道を照らすように先を歩き始めた。置いて行かれないようにその後を追う。足取りはこの町に来てから一番軽く感じられた。

第二章「ありふれた冒険」

「夢を見たよ」

またあの夢だ。誰の声かも、どんな人物かも分からない。先なんて一切見えないアクアマリン色の夢の中で、何故か夢を夢だと理解が出来た。目の前で再生される夢は非現実的で、現実を知っている自分が参加している夢を見続けている。

「どんな夢?」

この夢の不思議な所は自分の口が勝手に動く事だ。夢の中で自分は、誰かと会話している。思ってもいないような言葉ばかりが勝手に口から出て音を発する。夢なんて全て不可思議なものであるから違和感はないが、こんな夢を見るのは初めてだった。

「テレビで見た場所にいたの。この前、砂漠特集ってやってたでしょ?」

「それを見たの?」

「そう。砂漠なんて行った事ないのにね」

砂漠は自分も行った事がない。日本にも砂丘があるが、それすらも行った事はない。僕の中の砂漠は映画やテレビの中で見た非現実的な物だった。

「夢は不思議だね」

全くその通りだ。今、僕も同じことを思っている。

「見知らぬ土地とか、見た事もない景色とか、知らない人まで現れる」

「確かに」

本当にその通りだと頷く。見た事もない景色、見知らぬ土地、話している誰かは知らない人だ。

「そしてそれが、あたかも本当であるかのように再生される」

「面白い夢とかだとさ、目が覚めた時残念だよね」

「うん。もうちょっと見ていたかったのになって思う」

この夢をもう一度見たいだろうかと聞かれれば、否と答えるだろう。何故なら、声の主が誰かも、どんな人物であるかも分からないからだ。夢は不可思議な事ばかりが起きるから、間違いなくこの先にいる人物も見知らぬ人間だろう。もしかしたら自問自答なのかもしれない。人間の深層心理が生み出した夢なのかもしれない。そう考えると、自分と向き合って話している夢を見ている自分が怖くなった。そんな夢を見ていると大学の友人に言えば、馬鹿にされるか、病んでいるのかと心配されるかのどちらかだろう。

「でもね、夢の中でどこに行って、どんな景色を見ても、必ず貴方（あなた）がいるよ」

思考が止まった。

「どこに行っても貴方が待ってる。笑いながらそこにいて、遅いよって言うの。失礼だよね」

「風評被害なんだけど。夢の中の自分が株を下げてる」

「でも本当にそうだと思ってるから、構わない」

息を大きく吸う音が聞こえた。

「遅いよって、全くその通り」

そんな事ないと、唇が否定の言葉を紡ごうとした。しかし、声になる前に夢は終わりを告げ、いつの間にか現実に浮上した。


「……だから暑いんだよ」

冷房の止まった部屋で愚痴を漏らす。眠る前に付けていたタイマーは既に切れてしまっていた。快適な寝覚めをサポートする役割を持っていたはずなのに、こんなにも不快な寝覚めになったのは何故だ。イライラしながら時計を見れば、短い針は十二を指していた。一瞬、見間違いかと思い目を擦る。しかし、間違いなく針は十二を指していて外は明るい。夜でないのは明らかであった。

「寝過ぎた……」

　数時間後に予定が入っていたため一瞬焦ったが、遅刻するような時間でもなかったので安堵する。今朝は子供たちの奇襲が無かったせいでここまで寝てしまった。早く起きた所でやる事もないので構わないのだが、何となく、八時までには起きる習慣が出来ていたので不思議な気分になった。

「そういえば今日帰ったんだっけ」

　寝ぼけた頭でやって来ない奇襲について考えたが、確か彼らは今日の朝帰る予定だったはずだ。来ない所を見る限り、ちゃんと帰宅したのだろう。これでこの家は両親と自分だけになった。毎朝起こされるのは辛かったが、何だかんだ奇襲がないと物悲しいものである。次にいつ会えるかは分からないが、子供の成長はあっという間なので、一瞬で大きくなってしまうだろう。そう考えると少し切なかった。いつか自分の背を越してしまうのだろうか。名前を呼び捨てにされたり、叔父さんと呼ばれる日が来たら悲しくて仕方ない。自分の子供でも何でもないのだが、成長する姿を見るのは感慨深い反面少し寂しい気持ちになる。

　ぼさぼさの頭を掻きながら大きく欠伸をする。予定を再確認し部屋から出れば、廊下を掃除していた母と目が合った。

「寝過ぎじゃない？　あんた」

「俺もそう思う」

「大学はちゃんと行ってるの？」

「行ってるよ。これでも遅刻はしてない」

　遅刻は、というのは計画的に講義をサボっている時があるからだ。授業回数から何回休めるのか計算するのは大学生あるあるだと思う。最早どれだけ楽をして単位を取れるかみたいなゲームをしている所もあるのだ。そんな事をしているのは、死んでもばれてはならないので口にはしない。それでも、一つも単位を落とさず優秀な成績を収めているので大丈夫だと自分に言い聞かせる。

　よれた寝間着のシャツのまま台所に降りて、冷蔵庫を漁り食べ物を探す。昨日の夜に食卓に出ていた残り物を手に取って電子レンジで温めている間、洗面所に向かい顔を洗った。鏡にはまだ眠そうな自分の顔が映っていた。

　電子レンジが音を鳴らし、温めが終わった事を教えてくれた。相変わらず優秀な機械である。一人暮らしで、電子レンジがない人間はどうやって生きているのか分からないくらい助けられている。この家電がある時代に生まれて良かったと心底思うばかりだ。残り物を出して食卓に置き、水を一杯飲み干してから食事を始めた。

最後に君と会ってから、一週間の時が経過していた。冒険はまだ一つも始まっていなかった。夏の間いつでも会えると思っていたが、お互いに中々予定が合わず今日まで来てしまった。

今日はようやく冒険を始める日だった。手始めに博物館に行く事にしたが、その後どこに行くかはまだ決まっていなかった。今日が終わるまでに次の冒険地を決めなくてはならない。放っておくとまた一週間後になって、答えが見つかる前に夏が終わってしまいそうだった。

「博物館、公園、神社、秘密基地、鉱山の中とか」

指で数えながら、当時行った場所を思い返す。そもそも、広くない町のため候補が少ないのは分かっていた。思い出せるだけの場所を挙げて、忘れないようにメモを取る。冒険と言っても行ける場所はたかが知れていて、子供の足ではそう遠くまで行けなかったから、今の僕らが行けば一瞬で辿り着いてしまう所ばかりだった。

着替えて待ち合わせの時刻を待った。午後二時三十分、待ち合わせまで残り三十分を切った所で、帽子を手に取り部屋から飛び出た。階段を一段飛ばしで降りて、大きな足音を鳴らして廊下を走ればすれ違った父に怒られたが、そんな事気にも留めず家を飛び出した。

真っ青な空に入道雲が浮いて、遠くに蜃気楼が見えた。熱気が立ち込めるアスファルトを駆け出して坂道を降りて町の中心に向かって行く。手に持っていた帽子を被って、太陽から目を背けた。スーパーの前を通り過ぎて、通っていた中学校の横を抜けていく。海が見える丘の上に、博物館はポツリと建っていた。君の姿はまだなくて、待ち合わせ時刻よりも早く着いてしまった事に気付く。

博物館横のベンチに腰をかけて君を待った。流れる白い雲が、煙のように立ち込めている入道雲の前を通る。鳶（とんび）が鳴き声を上げながら滑空していく。眼下の海に、獲物でも見つけたのだろう。動物の鳴き声も、風の音も、木々のざわめきでさえ東京では聞こえなかった。確かにあったのかもしれない。けれどほとんどが車や行き交う人々、流れる音楽によって掻き消された。騒がしい街だから耳障りでイヤホンを付けて歩くのが癖になった。こちらに来てからは、まだ一度も音楽を聴きながら歩いてはいない。

初めて東京に行った日は驚きの連続だった。音はうるさいし、人は多いし、皆忙（せわ）しなく歩き続けていた。初めこそ戸惑ったものだが、いつの間にかそれが当たり前になった。人は順応する生き物だ。一ヶ月もすれば、街の色に染まったのを憶えている。

「早くない？」

かけられた声に振り返れば、日傘を差した君がそこにいた。帽子のつばを少しだけ上げて視線を合わす。

「思ったよりも早く着いた」

「家、どのくらいに出たの？」

「三十分前」

「早いよ。十分もあれば着くでしょ」

　久し振りだから迷うかと思ったのだ。だが、身体には染み付いていたらしい。特に道に迷う事もないまま目的地に着いてしまった。

「行こう」

　立ち上がって博物館入口まで歩き始める。自動ドアが開いて、ひんやりとした風が吹いてくる。帽子を脱げば、君は日傘を折り畳んだ。しかし、麦わら帽子は脱ぐ気もないらしい。片手で帽子を回しながら中を歩き始める。無料で開放されている博物館に人はいなかった。訪れる人間なんて、学校で社会科見学として連れて来られる児童くらいだろう。地元の人たちにとっては、あまり需要のない場所だった。それでも、君の父が働いている影響と、君がこの場所が好きだったからという理由で、僕らは人よりも多くこの場所を訪れていた。

「今日おじさんは？」

「いない。休み」

「挨拶した方がいいと思ってたんだけど」

「帰って来てますって？」

「そう」

「凄い需要のない挨拶」

鼻で笑った君を思わず睨み返したが効果はなかった。

博物館は小さく、一周するのに三十分もかからないような大きさだった。壁に書かれた歴史を横目に歩いていく。難しい単語ばかりで頭に入って来なかったが、君はもう何度も来ているから内容を暗記していると言った。それに対して、おかしいと返せば持っていた日傘で脛を叩かれた。

「頭悪いでしょ」

「失礼な。俺、黎夏より頭良かった。学校の成績も良いですよ」

「勉強は出来るかもしれないけど、人間としては馬鹿」

あんなに何度も来たのに、と言葉を続ける君の小言を聞き流しながら飾られた写真を眺める。セピア色でボロボロの写真は、カメラがまだ高価で手に入らなかった時代の物だ。

「俺にとってここは避暑地扱いだったから」

そもそも、君が手を引かなければこんな所には来なかっただろう。博物館と言っても人はいないし、恐竜の化石など迫力のある展示物が飾ってあるわけでもない。君の父親が優しくて、館内の休憩所でこっそりお菓子をくれたりしていなければ来てもいなかった。今思えば、あれは完全に餌付けされていた。

それ以上に、君が楽しそうに展示物を見て微笑みながら僕に話すから、その輝く瞳を見たくてここに付き合っていたのだ。あの頃の君の目は遠い昔に起こった出来事に感動し、今を生きていた。

横目で君を見れば、ショーケースの中に飾られていた古い書物の一ページを眺めていた。その瞳に、あの頃のような輝きはない。

「何見てんの」

隣に並んでボロボロの書物を見る。筆記体で書かれたそれを読む事はおろか、理解する事すら出来ない。左下に置かれた紹介文のおかげで、これが航海日誌だったと分かるだけだ。しかし、どこを航海して、どんな物を見たのか、説明文に書かれていたけれど理解が出来なかった。聞き覚えのない地名ばかりだったからだ。

「ふーん」

「分かってないでしょ」

「分かってない。理系学生だから」

「それ関係ないでしょ。全国の理系に謝った方がいいよ」

頭を抱えた君の先、一つの絵が目に入った。額縁に飾られたそれは異彩を放つ色彩で海を描いている。奥の方に描かれた一隻の潜水艦が、暗闇の中を進んでいた。この絵に見覚えがあった。

「あれ」

指をさして絵の前に立つ。君は、ああ、と納得したかのような声を出した。

「黎夏が好きだった絵」

何が飾られていて、どんな歴史を秘めていたのかも憶えていないくせに、君が好きだった絵だけは憶えているなんて笑い話もいい所だ。いかにあの頃の自分が君を中心に回っていたのかが分かる。

「そうだね」

いつも博物館に来てはあの絵を眺めていた。本を手に、僕に対して熱心に話をしていた。

「本の中で冒険した場所の事を話してた」

紅海のサンゴ礁（しょう）とか、ビーゴ湾で起きた海戦の残骸とか、失われたアトランティス大陸の遺跡とか、南極だとか。言葉を続ける君に、聞き覚えのある内容だとどこか他人事（ひとごと）のように思った。間違いなく、あの頃の僕が聞いた内容なのだが、しっかり憶えていなかった。

「人跡未踏の地の一つが深海だからね」

「昔も同じ事言ったよ晴」

「そうか。人間は変わらないな」

あの頃の僕も、君の冒険譚にそう答えたようだ。人跡未踏の地は沢山あるかもしれないが、一番身近にあるのが海だろう。島国で生まれ育った僕らにとって海は親しいものだが、深海の多くは未（いま）だ解明されていない謎ばかりである。深海生物の生態も、未確認の生命体だって存在する。潜水艦が潜れない先まで海は続いていて、未発見の新たな地が出て来るのも有り得るかもしれない。

「凄い高い真珠とか、お宝も沢山あって。沈んで消えたと思われていた大陸が存在して。ロマンの塊だと思った」

「昔から好きだったからね」

「人類が遺した物も、自然が作り出した景色も、深海には詰まっていると思ったの」

「そして冒険好きになり、俺は振り回された」

「自分だって楽しんでたでしょ」

「そりゃそうでしょ。子供だったから本気で信じてたんだよ」

自分たちの冒険が新しい何かを発見すると本気で信じ込んでいたのだ。誰も見た事のないような何かを、僕たちが最初に見つけると思っていた。しかし、地上は人類が占拠してから随分と時間が経っていて、初めて遭遇するような未知の物など、この目には映らなかった。

「信じてたの」

「何が？」

「子供だったから、本当に信じてた。いつかきっと、冒険家になって色んな世界を見て、新しいものに出会うんだって」

「子供だったからね」

君も僕も、あの頃は世界がキラキラ輝いていた。しかし、大人になった今、そんな現実は訪れないという事を痛いくらいに理解している。絵に描いたような冒険は出来ず、有り触れた人生を送って、社会や周囲に呑み込まれ大人になった。子供の頃の夢は所詮幻想に過ぎない。

「今は？」

僕の問いかけに、君は目を伏せた。そして、背を向けて歩き始める。

「もう遅いよ」

物事に早い遅いはないと、言ったのは君だった。けれど、夢には期限がある。僕らはもう、現実を知ってしまった。ただ夢を見て、毎日を過ごす少年時代は二度とやって来ない。

きっと皆そうだ。子供の頃あれだけ夢を見て、叶うと信じ、明日を待った。眠るのが惜しいくらい毎日が楽しくて、朝が来る度に意味もなく心が躍った。しかし、成長するにつれ、毎日は変わり映えのない物となった。勉強、人間関係、社会との関わり、皆何かに縛られて生きていく。宝石は見つける物ではなく買う物となり、失われた大陸になど目もくれず、日々を生き抜くために夢を捨てた。だからこそ、お金がなくとも夢に邁進して、幸せな日々を送っている人を妬むのかもしれない。

きっと見る人が見れば、展示されている写真なんて紙切れで、過去の出来事なんてどうでもいいと思うだろう。絵なんて価値のない、ただのゴミだと言うかもしれない。

それでもきっと、君はこの絵に価値を見出すだろう。

博物館を出ても、空の明るさは変わらなかった。一瞬で回りきってしまった館内に、答えは何も見つからなかった。そんなに簡単に見つかっていたら苦労しないし、君が付き合ってくれる理由もないだろう。

「この後の予定は？」

「ないけど、帰りたい。暑いし」

「そんな手袋着けてるから」

「日焼け対策だから」

相変わらず長い手袋を着けて日傘を差している君の肌は、もう充分なくらい白かった。むしろ少し焼いた方がいいのではないかと思うくらいだ。

「じゃあ明日は暇？」

「午後からならいいよ」

「朝は起きたくないから？」

「それは晴でしょ」

間違いない。今日だって十二時に目を覚ましたのだ。

明日はどこに行こうかと考えた時、ふと博物館の入口に小さな鉱石が転がっているのが見えた。この町の鉱石であったはずだ。それを眺めて、僕は指を鳴らして口角を上げた。

「鉱山に行こう」

「正気？」

鉱山は立ち入り禁止になっていて、今では観光客も入れない。採掘は半世紀以上前に止まっており、今は骨組みが組まれたままの坑道が残っているだけだ。しかし、あの場所へ入る方法を、僕らは既に知っていた。子供の頃に忍び込んだ有刺鉄線の穴は、きっとまだ通れるはずだ。

「危ないと思うんだけど」

「大丈夫、多分」

「確証のない……」

君が頭を抱えて、小声で馬鹿だと言ったが聞かなかった振りをしよう。ここで言い返せば付いてきてくれないはずだ。

「という事で明日迎えに行くから」

「止めても行くんでしょ」

「行く。そして連れて行く」

「ならもう何言っても無駄だね」

一度言い出したら曲げないという僕の性格をよく知っている君は諦めて歩き始めた。別に一人で行かせればいいのにと誰かは言うだろう。だが、君がそんな真似をしないのは僕が一番よく分かっていた。

歩き始めた君の背を追って帰路につく。太陽はまだ、僕らの頭上に輝いていた。

昨日よりも少しだけ涼しくなった町を歩いて、実家から徒歩五分の目的地へ足を運ぶ。二階建ての新築だった家は、見ない間に壁の色を変えていた。記憶の中では柔らかな薄黄色であったはずだが、今、目の前に建つ壁は白そのものだった。時間が経てば、壁の色が変わる事なんて有り得るのに、少しだけ寂しい気持ちになったのは何故だろう。

インターホンを鳴らして誰かが出るのを待つ間、縁石に乗り片足立ちをしてバランスを取ってみる。昔はよくやっていたが、危ないので止めろと言われてからしていなかった。車通りの少ないこの道ならバランスを崩して倒れても大丈夫だろう。そう考えながら、フラフラする身体を止めようと両手を伸ばしてバランスを取っていた時、扉が開く音が聞こえた。

「危ないから止めなよ」

そういえば君に言われてから止めたのだ。学校帰り、縁石に乗って危ない事をするなと、結構きつめに怒られた覚えがある。当の本人は再会した時、堤防の上からジャンプをして飛び降りてきているのだが。

「やあ」

「もう何十回も言ってきたけど、学習能力ないの？」

「もう大人だから良いかなと思って」

「そういう問題？」

縁石から降りて君の前に立つ。小さな肩掛け鞄の中に鍵を仕舞った君は日傘を開いた。今日もばっちりの日焼け対策である。本日行く場所は陽が当たるような場所でもないのだが。

「行こっか」

声をかけて先を歩き始める。再会してからいつも君の背を追っていたから、自分が先に歩くのは何だか不思議な気分になった。

「本当に入るの？」

「入るよ」

呆れたような声が聞こえたが気にせず足を動かす。

「冒険ってそういうものでしょ？」

「……現代には法ってものがあって」

「黎夏が読んでる本、法をちゃんと守ってる？」

「それ言われるとさ。あくまでフィクションだし」

どうやら言い負かす事が出来たらしい。そこから君は目的地に着くまで口を開かなかった。

海とは反対方向に歩く事三十分、ボロボロの有刺鉄線の向こう側に剝き出しの岩肌が見えた。斜めに曲がってしまった看板は、ここにもう人がいない証拠だ。

「着いた」

鉱山の入口辺り、小さなプレハブ小屋の中に管理人がいるはずだが、ここからその姿は確認出来なかった。有刺鉄線に近づき、記憶を頼りにフェンスの下の方に空いている穴を探す。その穴は少し離れた場所に見つかった。あの頃見た大きな穴は、今見れば小さくて、通れるか分からないくらいの大きさだった。

「広げてもばれないかな」

「止めた方が賢明」

しゃがみながら一歩ずつ穴を進んでいく。身体を捻じって何とかフェンスを抜ければ、後ろから続いた君は、自分よりずっと簡単に穴を潜り抜けた。こういう瞬間に、時間が経ったと思い知らされる。どれだけあの頃と同じように過ごしていても、離れていた時間は確かに存在して、僕らの身体は大人になってしまった。子供の頃、手を引いてくれていた背中は大きかったのに、今では自分よりずっと華奢で小さい。腕も、足も、何もかも、自分とは違う細さを持っていた。

プレハブ小屋の窓を覗けば、そこには誰もいなかった。

「だと思った」

「こんな所に入る人間なんていないからね」

冷静過ぎるつっこみをした君は一足先に坑道の中に入ろうとする。放棄されたトロッコを避け、錆びついた線路に躓かないよう足元を見ながら歩いた。ひんやりとした風が吹き、空気が変わる。顔を上げれば坑道の入口まで来ていた。立ち止まった君は帽子のつばを上げた。

「ねぇ憶えてる？」

「何を？」

「この鉱山に入る前、怖いって晴が泣き出した事」

僕は思わず苦笑いをした。

「忘れるわけないだろ」

子供の頃に見た坑道の入口は、真っ暗で一寸先も見えない、まるで地獄の入口のようだと思った。入ったら二度と戻れないんじゃないかと怖くなって入口の前で泣きじゃくった僕を君は、大丈夫だからと言って手を引っ張り、嫌がる僕を坑道に引きずり込んだ。

「おかげ様で、暗い所が苦手になった」

泣いていたから中の様子なんて憶えていない。ただ、怖かったという恐怖だけを憶えている。

「今も怖い？」

君の問いかけに、どうだろうかと考えてみる。入口は暗いけれど、足元には光がある。先は闇ではない。広くて暗い空間も、伸びた背がそれを否定した。

「夜道の方が怖い」

「何それ」

鼻で笑った君が前を歩き出してその後を追う。携帯電話のライトを使って前を照らしていく。

「酔って帰る夜道の方が怖い」

「誰かに襲われそうで？」

「いや、自分が粗相をしそうで」

例えば電柱にぶつかるとか、と言葉を続ければ君はまた笑う。

「自分のせい……」

「それは間違いない」

笑い返した時、ライトに反射して何かが光った。光に導かれるように歩いて行けば、広い空間に出る。そして、言葉を失った。空間の全体に、結晶が光り輝いている。剝き出しの岩肌から生えているように、乳白色の結晶が大量に存在していた。鋭利な形で、照らせば光を吸収し、結晶の中で何かが揺らめくように動いた。まるで夢の中で見た煙のように見えたが、それとは在り方が違っているような気がした。自分が夢の中で見たのは、アクアマリン色の煙だ。水に溶けたインクのように、揺蕩っていた。乳白色の結晶は温かみがなく、死んだ人間の肌の色のようで、見た目に相応(ふさわ)しい名前が付けられている事を思い出す。

「幽霊石」

口にする前に、君が言いたかった事を声にした。

「また忘れてるのかなと思って」

「今思い出した。社会科見学で見せられたなと思って」

昨日の博物館にも幽霊石は置かれていたが、こんなにも大きな結晶ではなかった。

不名誉な名前をつけられた結晶は、その昔とても価値のあるものであったらしい。

それこそ、君が読んでいる本の中に登場するようなお宝だった。しかし、時が過ぎて時代が変わっていくと同時に、その価値は無くなってしまった。世界にはもっと美しい宝石が存在して、小さな島国の小さな鉱山で取れる死者の肌色を模した鉱石など、誰も欲しなくなった。

「氷山みたいだ」

「そうだね」

乳白色の結晶が折り重なって出来た空間は、まるで氷山の一角のようだった。キラキラ輝いている鉱石が、価値のない物だなんて信じられなかった。確かに酷い名前だと思うが、こんなにも美しい石が無価値だなんて誰が決めたのだろう。

「もったいない」

「何で？」

「だって綺麗だ。俺は価値があると思う」

思った事をそのまま口にすれば、君はわずかに考える素振りを見せた後こちらを向いた。

「価値なんて自分が決めるものだよ」

「でも幽霊石は需要がなくなった」

「売れるかどうかは世間が勝手に決める事であって、この石に価値を感じるかどうかは晴次第なんだよ」

落ちていた小さな幽霊石を拾って僕の手の平に乗せた君は、内緒ねと口にした。忍び込んだ挙句、石を奪ったと知られればただ事では済まないだろう。僕はそれを握り締めてポケットに仕舞った。

「つまり、俺が決めていいって事？」

「そうだよ。世間が無価値だと言っても、価値があるって言っていいんだよ。だって私たちは人間だから。人それぞれ感じ方も違えば価値観も違うでしょ」

もう一つ、幽霊石を拾い上げた君はそれを鞄の中に入れた。これで共犯だ。

「世論はあくまで世論。普通はあくまで多かった意見。一般論は誰かが決めたわけでもない。ただそう感じる人が多かっただけで、少数派が悪いとは言ってないよ」

「でも世間はそこから外れた人間を除外しようとするけどね」

「そうだよ。だって人間はそういう生き物だから。自分と違う人間を認められる人が世界中にいたら、この世界はもっと優しいものだったと思うよ」

人なんて自分勝手で、酷く醜い生命体だ。足並みを揃えなければ指をさされ、夢を語る誰かを馬鹿にする。そうやって除外されたくなくて、安定した道を選ぼうとしていたのだろうか。多くの人が選ぶ選択が正しいと勘違いして、指をさされたくなくて目を背けていたら、いつの間にか何がしたいかなんて忘れてしまった。

「外れた人たちの事はどう思う？」

「どうも思わない。正しさなんて人それぞれなんだから、それでいいと私は思うよ。だって多数派の意見がいつだって正しいわけじゃないでしょ」

「……それもそうだ」

「だから晴が外れた人間であったとしても、私は何も思わないし否定もしない」

人類が皆、君みたいであれば良かったと思う。違いを認められる人間だったら、僕らは息苦しさを感じなかったのかもしれない。こうであれと、誰かの物差しで測られる事もなかったかもしれない。もっとも、今の僕はそのどちらにもなれないままだった。

「でも幽霊石って名前はちょっと酷いと思うけどね」

「俺も思う」

美しさが半減だ。結晶をもう一度見る。僕にとっては幽霊でなく、白いワンピースに見えた。白い肌に見えた。君に似ていると思った。そんな事、口に出来るわけもなくて開いた唇から音を発する事もせず閉じた。

先に身体を縮めて穴を通ろうとする君の背を眺めていたその時だった。

「そこで何やってる!!」

突然聞こえた怒鳴り声に驚いて顔を上げれば、見覚えのある高齢の男性がこちらに近づいてきていた。それが祖父の友人だという事に気付くと同時に、ここの管理人は彼だということに気付く。

「やっば！　黎夏、早く！」

一足先にフェンスの向こう側に行った君を見て、必死に身体を縮ませて穴を通る。急いで勢いをつけ穴を通ったせいで、空いた穴は広がってしまった。それを見て思わず青い顔をしてしまったが、君が僕の名を呼ぶ声に意識は戻される。

「晴、早く！」

先に走り始めた君が、僕の方を向いて大きな声を出す。反射的に、足が動いた。後ろから聞こえる声なんて気にせず全力で走る。久し振りにした全力疾走は、夏のせいで息苦しくて堪（たま）らなかったけれど、自然に口角が上がった。声がどんどん遠くなって、一足先に曲がり角を曲がり、開けた場所で立ち止まった君は胸を押さえながら息を上げていた。その横で、立ち止まった自分も上がった息を整える。まさか、こんな所で全力疾走をするとは思わなかった。

「久々に……こんなに走った……」

「俺も……死にそう」

「私も……」

膝に手を置き、項垂（うなだ）れながら地面を見つめた。額から零れた汗が地面に染みを作っていく。脳天を、太陽が容赦なく焼いていく。上がった体温は、そう簡単に下がりそうにもなかった。

不意に顔を上げれば君と目が合う。お互いにしんどそうな顔をしていて、それが何だか面白くて吹き出せば、同じように目の前の君も吹き出して笑い始める。空き地に僕らの大きな笑い声が響き渡った。

「おかしい……」

腹を抱えながら笑う君は、あの頃の君のままだった。

「まさか、あんなタイミングで来るとは……」

「おじいさんの友達じゃなかったっけ」

「そう。これはばれたかも」

しばらく会っていなかったから、自分の顔など忘れている事に賭けたい。成長したから気付かなかったと言って、そのまま会わずにこの町を去りたい。これから外出する時は周りに気を付けた方がいいかもしれない。心に留めておこう。

「だから止めとこうって言ったのに」

「でも黎夏だって幽霊石奪っただろ。窃盗だよ」

「自分だって盗ったのに」

「君が手に置いてきたからね？」

「穴広げたし」

「あれは不可抗力だ」

ようやく整った息を確認しつつ、文句を言い合う。けれどお互いに、浮かべている表情は笑みだった。

「でも行ってよかった」

ポケットに入れた幽霊石を握り締める。君の視線がこちらを向いて、僕は君の帽子のつばを思いっきり下げた。

「ちょっと！」

「今行かなかったら、きっと一生見られなかったから」

帽子の位置を直しながら、君はそうと口にした。君の言葉に気付かされて、答えに少しだけ近づいたのは気のせいではないだろう。離れている間、君の事を思い出さずに生きてきた。一緒に過ごした思い出も、脳の奥底に眠ったままで呼び覚まされないままだった。君がいなくても生きていけた。けれど、君がいたから生きて来られた僕は、あの頃と同じように、再び、君に生かされているような感覚に陥った。

「面白かった」

「もう行かないけどね」

「しばらくはまずいかな。顔が割れていない事を願うばかり」

大げさに祈る振りをしてその場を去る。君は、無理かなと言ってまた微笑んだから、その時は一緒に怒られてと、返事をした。

振動がやけに耳に響いた。枕元に置いてあったはずの振動の原因を、開かない瞼をそのままに捜す。ようやく手にしたそれに、重たい瞼を開けて画面の明るさに目を細めた。一件のメッセージは、東京にいる友人からの物だった。

『この前言った場所のチケット取ろうと思って。この日でいい？』

「いや、返事してないし……」

返信もしていないのに何故か行く事が決まっていて、さらには日付まで決めて来る彼女に、思わず文句が零れた。確かに、返事をしなかった自分にも非があるが、こんなにも事を急かすような人間だっただろうか。少なくとも、二人で出かけるという話をするまではこんな事をするような人間ではなかったはずだ。だからこそ良いなと思ったわけだが、これでは話が変わって来る。そもそも、出された日付は自分が帰ると言った一日前だ。

「俺、まだその日は帰ってないんだけど」

返事をすれば、すぐに返って来る。しかし、そのメッセージを見て思わず固まってしまった。

『帰って来てくれるかなと思って』

その時脳内に浮かんだ言葉は、なぜ、だった。最初からこの日まではいないから、その日以降ならいいと言って承諾したはずだ。こちらの予定を一切無視の彼女は言葉を続けた。

『その日ならカップル割りが使えるんだって』

果たしていつから自分たちは付き合い始めたのだろうか。暴走する彼女を見て、何だかがっかりした気分になった。少しでもいいなと思った自分が馬鹿みたいに思えてくる。確かに、良い子だし素敵な子だと思っていた。しかし、人の予定を無視するような人間は、恋人としても、人間としても無しだった。

けれど多分、僕が彼女の事を本当に好きだったら帰っているのだろうとも思った。ここで帰れないと言って、予定変更しろなんて何だよと文句を言っているというなら、彼女の事をそこまで好きではないという事に繋がるのではないだろうか。

頭を掻いてメッセージを開き、操作をして耳に当てる。目を閉じた時、思い浮かんだのは彼女ではなかった。数コールの後、繋がった電話の向こう側で彼女は明るい声を出した。

『大晴くん？　電話してきてくれたの？』

「あのさ、紗那。俺言ったよね、その日はまだ帰れないって」

『でも、カップル割り使えるし、この日までのイベントもあるから』

「だから、無理なものは無理だって。大体最初から言ってた」

『帰って来てくれないの？　私の事嫌い？』

「その日は無理。私の事嫌いって……付き合ってもないのにカップル割引使わない」

『でも安くなるし、大晴くんが嫌じゃなかったら使うべきだよ』

「あー、分かった。もう止めよう」

向こう側から、息を呑んだ声が聞こえた。せめて日にちをずらしてくれれば良かったけれど、彼女はこちらの予定など一切無視らしい。それに腹が立って、いつもより声が低くなった。

「出かけるの止めよう」

『どうして？　折角……』

「俺、人の予定無視して勝手に話進める人間の事好きになれない」

それだけ言って通話を切った。次の学期が始まったら、散々に文句を言われるかもしれない。彼女が友人たちに話して、責められるかもしれないがもう知った事ではない。夜はまだ明けそうにもなかったので、再び目を閉じる。振動が再びベッドを揺らしたが、もう無視を決める事にした。もやもやした気持ちのまま眠りにつく。瞼の裏にいたのは、白いワンピースを着た君だった。

「何でそんな顔してるわけ」

こちらを指差して手元にあったスナック菓子を口にした君は、シートの上で足を伸ばして小さく欠神をする。太陽の光は周りを囲んだ木々で遮られ木漏れ日を作り、君の黒い髪を照らしていた。外だというのに涼しく感じるのは、ここが人目につかない山の一角であるからだろう。

あれから数日後、僕らは子供の頃に作った秘密基地に来ていた。山の中の小さな空間を整えて物を置いただけの簡素な場所だった。僕らが来なくなってから随分と経って、荒れ放題の秘密基地は自然に還っていた。予想はしていたが、足元に転がっていた玩具(おもちゃ)の欠片(かけら)を見て、確かにここにいたのだと知った。実家から持ってきたビニールシートを敷いて、何とか人が座れる場所を確保する。散らばった菓子類は、道中の駄菓子屋で大人買いした物だった。小銭を数えながら買っていたあの頃の自分の欲望を満たすためにお札を出して買いまくったら、君が、汚い大人になったと呟いたので、これが大人だと胸を張ればやって来た地元の子供たちに白い目で見られたのがつい先程の事である。

「そんなに、あの人やばいみたいな顔されたのがショックだった？」

「いや、それは別に。お前らも大人になったらこうなるんだと思ったくらいで」

「じゃあ何？　何でそんなに不服そうな顔してるの？」

顔に出したつもりはなかった。今だって画面に映る自分の顔を見ても、眉間に皺が寄っているわけでもなければ、口角が下がっているわけでもない。

「何でそんな事分かるの？」

「そりゃあ生まれてから十三年間ずっと隣にいたんだから分かるでしょ」

家族の次に、近くにいた存在だった。もしかしたら、歳の離れた兄弟たちよりも同じ時間を共有していたかもしれない。それほどまでに、近しい存在だった。お互いの家の勝手も分かっていて、朝起きたら君が家にいるのも当たり前だと言えるくらいだった。だからこそ表情に出さなくても、君には分かってしまうのだろうか。

「いや、ちょっと面倒で」

「何が？」

「人間関係？」

君の前でこの話をするのは少し嫌だったが、隠しても意味がないので口を開く。

「大学で仲良くしてる子がいるんだけど」

「女の子ね。で？」

「理解の速さよ……」

何食わぬ顔でお菓子を口にする君を見て、何も思わないのだろうかと考えてしまった。少なからず、期待していたのかもしれない。女性の話題を出す事で、君が少しでも嫌だと思ってくれたらいいなんて、勝手な事を考えていた。

「まあ、二人で出掛ける？　みたいな流れになったんだけど、こっちの予定無視で話進めて、終いにはその日に帰って来てくれないの？　って言われて」

「そう」

「で、苛立って人の予定無視して勝手に話進める人間の事好きにはなれないって言っちゃった」

「……素直過ぎない？」

「でも嫌だったんだよね。それから何度も連絡が来るんだけど無視してる」

「……はぁ」

「何で溜息吐いたの？」

頭を抱えた君はやっぱり白くて、悩んでいる姿も綺麗に見えた。

「晴の事好きなんでしょその子。だからそんなにアタックしてるのに」

「でも俺が好きじゃないんだよね、多分」

「……思わせぶりな態度を取った貴方にも原因あり」

僕の手からお菓子を奪って口に運ぶ君を思わず睨んだが、君はそんなの気にも留めなかった。

「晴が好きで、振り向いて欲しいからそれだけの事してるんでしょ。ただやり方が少し自分勝手なだけで」

「そんな子じゃなかったんだけどね」

「いいじゃん。付き合えば？　気になってたから出掛ける約束したんでしょ」

「さっき多分好きじゃないって言わなかったっけ俺」

「実際に出掛けたら変わるかもしれない。人は自分に好意を寄せてくる人間をそう簡単に嫌いにはなれないし」

　本を読み始めてしまった君を見て、何だかやるせない気持ちになった。

「それとも何？　他に好きな人でもいるの？」

　問いかけに、身体が硬直した。何気ない一言だったと思う。だが、その一言は自分の気持ちを気付かせるのには充分過ぎる言葉だった。目の前の君が輝いていて、変わらない笑顔に嬉しくなった。世話焼きで面倒見がいい所も、美しくなった容姿も、全てがあの口づけに結びつく。別れは美しい思い出のまま時を止め、七年の時を経て再び動き始めた。当時から変わってしまった事ばかりで、変わらない君を探した。それは当たり前に隣にあって、時間がどれだけ僕らを変えようとも、人の気持ちだけは変わらなかった。

ああ、そうか。一人納得して両手で顔を覆う。顔中に熱が集まって、赤くなっていく頬を隠す。我ながら純情が過ぎるのだ。

僕は今もまだ、君が好きだ。

認めた瞬間、全てが鮮明になった。きっと君と再会しなければ、僕は彼女と付き合っていただろう。けれど心には君との思い出があり続けていた。再会してしまったから、僕はあの日から変わる事のない自分の気持ちに気付いてしまったのだ。どれだけ他の人と付き合って、恋をしようが、何をしようが、君がこの心に生き続ける限り、それは酷く空虚なものになるのだ。だって、僕が好きだったのは君だから。今も昔も変わらず、君だけだった。

「そうだね」

肯定をすれば君は黙り込んだ。今はまだ、この気持ちを口に出す気はなかった。あの夏に別れてから、僕らは別々の道を歩んできた。再び会うまでの日々を知らないのだ。君が何をして、誰と会って、どんな恋をして、何を見たのか、僕は何一つ知らないままだ。

けれど答えの一つは、君と一緒にいたい事だろうと思った。あの頃に戻れるわけではない。時間は残酷だから、僕らの関係性も距離も、全てが変わった。けれど、また二人で笑い合いたいと思った。この前のように、腹を抱えながら笑い合って隣にいたいと願った。

この夏が終わるまでに君に好きだと伝えたい。返って来る答えがどんなものであれ、きっとあの日に言えなかった好きという言葉を伝えない限り、僕はずっと前に進めないままだ。

進めないままの人間が、この世界にどのくらい存在するのだろう。夢や希望を捨てた人間が、当たり前に生きている世界だと知っている。確証のない未来を想像する余地など、僕らのちっぽけな脳みそでは難しい。あの頃見ていた世界は知らない事ばかりで、見た事のない物で溢れ返っていた。毎日が輝いていて、発見ばかりの日々だった。知らない事を知る度に、世界はより輝きを増した。

今の自分はどうだろう。誰かが決めた当たり前の中に納まろうとしている。皆が右を向くから右が正解で、左を向いた人間は排除される。

夢は叶わないものだと知った。努力も何もせず、自分自身の手で可能性を消し去った。そもそも、始まりは何に憧れたのかも憶えていない。

だから今、目の前に出された選択肢にどれも頷く事が出来なかった。机の上に置かれた数枚の紙が名も知らぬ会社を宣伝している。合同説明会と書かれたいくつかの紙をぐしゃぐしゃに丸めて捨ててやりたかったが、目の前にいる両親のせいで実行に移す事が出来なかった。茶褐色で傷の目立つ机に散乱した紙を見て、父親の唇が開く。これから何を言われるのかは容易に想像出来た。

「就職活動はしているのか？」

ほら来た。思わず心の中で毒づいた。広告をまとめて手に持つ。興味のない文字の羅列が延々と続いていた。

「一応ね」

大嘘だ。一ミリもしていない。そもそも、大学二年生からまともに就職活動をしている人間が現代社会でどのくらいいるのだろう。少なくとも自分の周りにはいない。皆、煩悩に駆られている。

「どういう業界がいいとか決まったの？」

グラスに入ったお茶を飲みながら母が問いかける。決まっているわけがない。

「まあ、そうだね」

どんどん嘘をついていく。これ以上追及されたくなくて席を立った。向かう先は自分の部屋だ。

「ちゃんとした大学出て、良い企業に勤めたら、父さんは何も言わないよ」

父の言葉が耳に届いて足が止まりそうになった。しかし、止まる事なく階段を上がり部屋に向かう。扉を開けて冷房をつけてからベッドに倒れ込んだ。力の抜けた手が宙に放り出されて、握っていた紙が床に散乱した。

幸せって何だろう。ちゃんとしたって、何だろう。良し悪しは誰が決めるのだろう。答えの見つからない問いがどんどん降りかかって来て、岐路に立たされている感覚になった。確かに勉強はした。有名大学に進学するために努力して、受かって今、ここにいる。けれどそれは、本当に自分がしたかった事なのだろうか。与えられた選択肢の中で、一番ましで波風の立たない道を選んだだけではないのだろうか。受かった時は嬉しかったけれど、心を動かすような衝動はどこにも無かった。

良し悪しは誰が決めるのだろう。誰かから見て良い所は、誰かから見たら悪い所になるのではないだろうか。あくまで世間が決める評価なのではないだろうか。それに左右されているだけではないのだろうか。

幸せって何だろうと誰かに問いかければ、きっとこの状況が幸せだと言うかもしれない。両親がいて、冷房の効く部屋にいて、大学に通っていて、友人もいて、争いなんて言葉はずっと遠い世界で起きている事で、平和ぼけをしていると言われるかもしれない。けれど、この胸にずっとある空洞は何だろう。何をしても不正解だと思ってしまうのは何故だろう。いつも通りの日々を生きているのに、ふとした瞬間、虚しさが襲うのはどうしてだろう。誰かこの答えを知っているのだろうか。

夢が無くても人は生きていける。希望はきっと、どこにでも転がっていて僕らが見つけられないだけだ。もしかしたら、もう手に入れているのかもしれない。ならば、この心の空洞を埋めてはくれないだろうか。

目を閉じれば君が現れる。子供の頃には戻れない。当時の関係に戻るのは難しいだろう。僕らはもう大人になってしまった。隣を歩いて同じ時間を共有しているはずなのに、確実に存在している僕らの距離は未だ縮まらないままだ。時間が僕らを変えてしまったのだ。人は時に抗えない。

大きな溜息を吐いた後、床に散乱した紙をびりびりに破いてごみ箱に入れた。君の声が聞きたくなって端末を耳に当てようとしたが、出ないのは分かっていたので諦めてメッセージを送った。文面からこの虚しさが気付かれないように、いつも通りの自分のままで言葉を綴る。人生の選択は、まだ出来そうにもなかった。

神様がもしいるのだとしたら教えて欲しい。どうして地上に近い場所で生きようとしなかったのか。公園に向かうまでの木々が生い茂った道の横、竹藪の間にある石造りの階段が目に入り懐かしい気持ちに襲われた。下から見る階段は先が見えず終わりがないように感じる。神様が天にいるのならこの高さも納得出来るが、神社に祀られた神様は海を司っていたはずだ。ならばこんな高い場所に神社を建てて祀る必要はあったのだろうか。全ては階段を上りたくないが故の文句であるが、行くと決めたのは自分だし君を付き合わせている手前、行きたくないと弱音を口にする事など出来はしなかった。しかし、溜息を吐いたのは言うまでもないだろう。

炎天下、木漏れ日が階段にいくつも差し込んでいて、微かに見えた赤色をより幻想的に色付けていた。

「準備はいい？」

喉が鳴ってしまったのは、階段を上り切って笑える体力があるか分からなかったからだ。隣にいた君は青ざめた顔をしながら首を縦に振った。その顔をしたいのは分かる。だがここまで来て引き返すのは何だか嫌だった。

気合を入れて階段を上り始める。数歩後を歩く君は心底嫌そうだった。石造りの階段は一段が大きく、おまけに手摺もついていない。バランスを崩して後ろに倒れてしまえば終わりだ。だからこそ、君には前を歩いて欲しかった。もし落ちてきても受け止める事が出来るからだ。けれど君は僕の前に出る余裕すら無さそうだったので、時折振り返り様子を見ながら足を動かした。

一段上る度に息が上がっていく。幸いにも両端に植えられた竹が日光を遮っているため、直接太陽光が降り注ぐ事はないが、それでも暑くて辛いのは変わらないままだ。階段を見ながら懸命に足を動かす。灰色の石の中、小さな小石がいくつも密集していた。黒や濃い灰色の中にたまに幽霊石のような色を持つ石が交じっていて、日光を反射し海面のように輝いていた。時折欠けた階段があって、君に対し気をつけてと言ったが、返答も憎まれ口も返って来なかった。どうやら相当きているらしい。返事をする余裕もないようだった。

まだ二十歳だから階段なんて余裕だと言ったのはどこの誰だっただろうか。まさか自分がここまで体力のない人間になっていたとは思わず、ショックが隠せなかった。一年前まではフットサルのサークルで動き続けていた。怪我をして辞めてしまったけれど、それでもアルバイトをしたり、遊びに行ったりしていたから体力の衰えを感じなかった。だが、今は辛くて仕方なかった。前太ももが痛い、靴を履いているのにもかかわらず、足の裏が熱くて仕方ない。踏みしめる度に力を入れているのだろう。とにかく後ろには倒れたくないので、可能な限り前傾姿勢で上り続ける。次の段が見えなくなって顔を上げれば、下からかすかに見えていた鳥居が目の前にあった。後ろを振り返れば階段がずっと続いていて、その先の道が薄っすらと見えるくらいになっている。やっと終わった。少し遅れて上り切った君は、覚束ない足取りでベンチに向かい、そこに横たわった。

「死ぬかと思った……」

　胸を上下させながら、必死に声を出す君は自身の体力不足を嘆く。

「これが、老い……」

「俺も思った。まさかこんなにも辛いとは」

「時間は残酷だよ……子供の時なんて駆け上がってたのに」

「疲れた！」

　ベンチに横たわったままの君の前、地面に腰を下ろして項垂れた。汚れるとかそんな物は無視だ。座った箇所から砂利の熱が伝わるが、気にしない振りをして足を伸ばす。数分経っただろうか。君が顔を上げて座ったのを見てから立ち上がる。そして、神社を見た。

目の前には一本の参道がある。軽石が敷き詰められた砂利の中で、綺麗に清掃された石畳の道が輝いていた。左手にある手水舎の屋根は錆びついていて、長い時間雨風に晒されていたことが窺える。数本の柄杓が置かれていて、絶え間なく透明な水が流れ続けていた。

参道を目で追えば本殿に辿り着く。小さな本殿は豪華ではないが、どこか神秘的な空気を感じさせた。人の気配を感じない。隣にある小さな社務所にはお守りが置かれていたが、管理している神主の姿は見えなかった。静か過ぎる空間は、この世界のものではないように思えた。

本殿の裏、一本だけ植えられた木に薄桃色の芙蓉が咲いていた。これだけの建物しかない神社には、昔から人が寄り付かなかった。海の神様を祀っているけれど、参拝客はほとんどいない。また、竹藪に囲まれているからか、どこか陰気な雰囲気が漂っていた。

手水舎に近づけば、君は一歩ずつ参道を歩き始める。君の履いていた靴が、参道に転がった砂利を踏んで音を鳴らした。そのまま導かれるように本殿の前に立って、ささくれが目立つ木の賽銭箱の前、どのくらいの歳月が経ったのか分からないくらい汚くなった鈴緒を見て立ち止まった。その様子をただ見ていた僕は、手を軽く洗って水を払いながら君の許へ向かう。近くで見た鈴緒は、麻で出来ていて、決して手触りが良いとは言えなかった。上部に取り付けられた鈴は、鮮やかな金色ではなく赤褐色であった。銅製なのか、それとも汚れてしまっただけなのかは、ここから見上げるだけでは分からない。

賽銭箱の先にある扉は閉ざされていて、何を祀っているのか我々に分からないようになっていた。大方、海神に縁のある物が置かれているのだろうが、本当に置かれているかどうかは定かではない。一度も見た覚えがないからだ。人間如(ごと)きが神の姿を見るなど無礼だという意思のように感じた。

「手、洗わないの？」

太陽光があっという間に手の水分を攫(さら)っていった。濡らしたばかりだというのに、すでに乾ききった両手の平を見た後、手袋を外す気配のない君の手に視線を移す。

「洗わない」

「何で？　参拝するんじゃないの？」

「神様なんていないもの」

言い切った君は確かに扉の先を見ていて、神様なんていないと言った人間が持つ瞳の色ではないだろうと思った。真っ直ぐ先を見据えて光り輝く瞳と、わずかに皴が寄る眉間が印象的だった。神様がいないというのなら、どうしてそんな瞳をしているのだろう。それでは神様がいるのを切望しているかのように思える。

「定かではないけど、もし神様がいるのならこんな高台に神社を造らせるなんて馬鹿じゃないのかなとは思うよ」

海神が海から離れてどうすると言葉を続ければ、君の唇はわずかに弧を描いた。

「ごもっとも」

神様はいるだろうか。もしいたのなら教えて欲しい。この先どう進めばいいのか、道を照らしてはくれないだろうか。勝手な願いだと分かっているけれど、人ではない何かに指し示してもらいたくなった。

君は鞄から薄桃色の財布を取り出して、小銭を手に取った。

「賽銭はするんだ」

「一応、礼儀かなと思って」

「神様は信じないのに？」

「賽銭は神主さんたちの生活を救うでしょ」

「現実的」

賽銭箱に入ったお金の使い道は大人になっても知らないままだ。大方、神社の管理や、神主たちの生活の足しになるのだろうけれど、そこは知らないままでいたい。世の中には知らなくていい事もあるはずだ。

　君に倣って、財布から小銭を取り出し賽銭箱に投げ入れる。鈴を鳴らす？　と君に問うたが、晴がやってと人任せにしてきたので、仕方なくその指示を受け入れて鈴緒を手に何度か振って音を鳴らす。二礼二拍手、唯一知っている作法をして目を閉じる。両手を合わせても、願う事は何一つなくてすぐに目を開けて一礼する。隣を見れば、君はずっと手も合わせずただ前だけを見ていた。

「何も願わないの？」

「うん」

「何で？」

「人生には、どれだけ願っても叶わないものがあるって知ってるから」

　再会するまでの君の事を、僕は何も知らない。知らないままでいいと思った。君にとってこれまでの人生が、僕と同じように有り触れた物であるとどこかで勝手に思っていたのだ。けれど今、君の考えている事が何一つ分からない。その言葉に込められた意味を、何一つ知らない自分が悔しいとも感じた。何を見て神様を信じなくなったのだろう。何を願って叶わないと知ったのだろう。僕は何一つ理解出来ないままだ。

　参拝を終え本殿の裏側に回れば、石で出来た二人掛けの椅子が一つだけ、ぽつりと置かれていた。本殿の裏はぽっかりと穴が空いているかのように竹藪が存在せず、町全体の景色を見渡せた。遠くには青い海、白い灯台が見える。並び立つ住宅のほとんどは昔ながらの瓦屋根で、代々受け継がれている土地のせいか一つ一つの敷地面積が広かった。そんな景色を眺めていれば、カモメが一羽飛んで行った。まるで絵画のような風景だった。目を細め、両手の親指と人差し指を使い、構図を決めるように片目を瞑(つぶ)る。片目で見た世界は酷くちっぽけで、何かの模型のようだった。表からも見えていた芙蓉の木は、裏側から見ると花がより多くあるように感じた。咲き誇る芙蓉を眺めながら、石で作られた椅子に腰を下ろす。ツルツルした材質の石は、階段に使われていた物とよく似ていた。

「ところでさ」

「何？」

「この神社の神様って、何をしてた神だっけ。海を守ってる神様だっけ？」

「この神社は海の神様を祀っていて、一つは航行が上手(うま)くいくように祈る安全祈願。後は、波に触れた者の病が治ったっていう伝説があって、健康祈願が有名」

「波に触れたら治るって……」

「非現実的だよね」

波に触れて病が治るなら、この町の人間は全員健康体だろう。迷信は大袈裟だ。

「あくまで迷信だから」

ポケットの中に手を突っ込めば鍵が指に触れた。そういえば、鍵に付けていたお守りもここの物であった事を思い出し、それを取り出す。丸い巾着型の水色のお守りには小さな鈴が付いていて、風が吹く度に小さな音を鳴らしていた。この鈴が付いているおかげで鍵を無くさずに済んでいる。新品同様のお守りは、確か両親から貰った物のはずだ。

「健康守り」

よく見ずに付けていたお守りには健康祈願と書かれていた。果たして効力があるのかは分からない。今の所大きな病にはかかっていないので、効力はあるのかもしれないが、健康な人間はきっと、あの階段で疲れて地面に座らないだろう。

「私も持ってる」

鞄から自分と同じ健康守りを取り出した君は、それを握り締めて呟いた。

「昔も、同じようにお守りをお揃いで買った」

ギュッと握り締めた後、大事そうに鞄にしまった君が次に取り出したのは、いつもの本だった。表紙を撫でる表情は憂いを帯びていて、あの日の君を思い出した。

　それはあの夏の話だった。新天地での生活を心配した君が、安全祈願のお守りを買おうと神社に連れ出した。そして二人で同じ物を買って贈り合ったのだ。その後は忘れもしない。帰り道、夕陽が沈む一学期最後の日、鞄を浜辺に放り投げたあの日の君は泣いていた。靴を脱ぎ棄て素足のまま走りだした君を追いかけて、堤防の上から共に海へ飛び込んでキスをした。

　一生涯忘れられない思い出だった。誰と何をしていようとも、不意にあの瞬間がフラッシュバックして歩みを止めてしまう。もう戻れない瞬間にしがみつこうとしていた。

「安全祈願のお守りだ」

「ピンク色のやつね。晴はピンク付けるの嫌だって言ってた」

　思い出し笑いをした君は、懐かしむように言葉を続ける。

「多分ずっと、一緒にいるんだろうなって思ってた」

　本を開き、適当なページから読み進めている君は、こちらを見ずに話を続けた。

「この先も変わらずにくだらない会話をしながら、世話を焼いているんだろうって思ってた。朝起こしに部屋に行くのも、一緒に登校するのも、全部ずっと続いて行くんだって思ってた」

　毎朝、僕を起こすのは君の声だった。鳴り響く目覚ましよりもずっと大きな声で僕を叩きながら起こす君はいつも怒っていたけれど、目を覚まして一番初めに瞳に映る人間が君である幸せを、離れてから初めて知った。

「いなくなってから毎朝起こしに行かないのは楽だったし、朝から怒らなくて済んだ」

「それはすみませんでした」

「一人で登校するのも、世話を焼かなくていいのも、本当に楽だった」

「その節は大変お世話になりました」

　昔から君は僕の世話係と言われていた。友人たちの間でも、教師陣にも、近所の人でさえ、僕が一人で歩いていると世話係がいないと言って、何か粗相を起こした瞬間に家族より早く君に情報が届いていた。この町で生きていた十三年間は、間違いなく君に一番迷惑をかけていた十三年間であった。

「一瞬だったよ」

「何が？」

「晴のいない生活に慣れるの。本当に一瞬だった」

鳥の鳴き声が聞こえて、強い風が吹いた。膝に置かれた本のページが何枚もめくられる。君はそれを押さえようとはしなかった。

「人間ってこんなにも早く変わってしまうんだって思った」

君と別れてからの自分を思い出す。君のいない生活は僕にとって苦痛であった。いつも世話を焼いてくれていた大切な人がいなくなって、どれだけその存在に頼っていたのかを知った。けれど人間は慣れる生き物だから、君と同じように僕も一瞬で君のいない日常に慣れてしまった。いなくても大丈夫になった。いつしかいないのが当たり前になって、一緒にいた事が嘘であったかのように思うようになった。

「黎夏、あのさ」

それでも僕は、君が好きだと言おうとした。離れてしまった時間を共有する事は出来ない。けれど、今からその時間を埋める事は出来るはずだ。人生はまだ長いから、答えも君が隣にいればいつか見つかるだろう。だから、今ここで言おうとした。君のいた時間が、僕にとって一番幸せな物であったのだ。

息を吸って覚悟を決めた。高鳴る心臓を抑えながら口を開こうとした、その時だった。

「帰ろう」

君が立ち上がって本を閉じた。呆気にとられた僕はしばらく固まってしまったが、帰る準備を始めた君を見て、慌てて立ち上がる。完全にタイミングを間違えた。君の言葉を肯定しようとした時、何かを踏んだ。

それは鉱石だった。公園で見た物と似ている気がして、思わず手に取り君に見せる。

「見て、これ」

「何？」

日傘を差そうとした君がこちらを振り向く。

「これ、幽霊石に似てない？」

石を見た瞬間、君は大きく目を見開いた。僕はと言えば、幽霊石に似ているこの石を、ただ綺麗だとしか思わなかった。小指の第一関節くらいしかない石は幽霊石に似ていたが、白く濁っている性質は持っておらず透明だった。何だろう、と声にしようとした時、一瞬で手から石が消えた。驚いて君を見れば、君は石を握り締めて固まっていた。

「黎夏？」

こんな表情をする君を見た事がない。声をかけて顔を覗き込む。至近距離で見た君は変わらず綺麗で、キラキラ輝いていた。顔の近さに気付いて正気に戻った君は、驚いて後退る。

「どうした？」

「……何でもない」

握り締めた石を地面に放り投げて日傘を差す。軽石の中に紛れ込んだそれは未だ輝きを放っていたが、君は一瞥した後で目を背けた。

「幽霊石になれなかった石だよ。この小ささなら町にたまに落ちてる」

「色違くない？」

「それは陽の光に当たって長いから。太陽に当たらなければ幽霊石みたいに白く濁るよ」

「へぇ」

幽霊石も綺麗だが、こちらの石の方が綺麗に感じた。拾おうとしたが、君の声がそれを遮る。先に歩き出してしまった君を追いかけるため足を早める。しかし、どうしても石が印象的に見えた。

第三章「迫る現実」

アクアマリン色のインクが水に垂れて、煙のように向こう側を揺らめかせた。またこの夢だ。脳が冷静に今の状況を判断する。何度目か分からない夢は、同じ声で、同じ場所で、違う内容で進行していた。今日も、耳に届くのは前回と違う内容だった。いつしかこの夢を楽しみにしている自分がいた。まるで物語を見ているような気持ちにさせられるからだろう。例えるなら、毎週夜の九時からやっているドラマを見ているような感覚だ。予告など何もない。けれど続きが見られるだろうとどこかで感じていた。もしかしたら確信しているのかもしれない。

「大丈夫だよ、約束する」

相も変わらず唇は勝手に動き、誰かに何かを伝えている。約束って何だろう。妙に真剣な声音は、言葉に込められた想いを語っているようだった。返事はしばらく来ない。ただ、泣いているような息遣いが聞こえた。信じて、と言葉を続ける僕の唇は震えていて、最早何かの懇願をしているように思えた。

向こう側にいる誰かは何を思っているのだろう。この前のように、夢の話をするのだろうか。自分が見ている夢のように、笑いながら語るのだろうか。しかし、返ってきた言葉は全く違ったものだった。

「確証のない約束なんていらない」

　それは震えていて、けれど確かに凜(りん)とした声で言葉を紡いだ。強い意志を感じた。先程までの会話を全て否定する一言だった。これ以上何を言っても変わらないと言わんばかりの様子だった。夢の中にいるはずなのに、僕はその場に立ち尽くした。

「信じるとか、そんなもの意味がないもの」

「そうとは限らない」

「信仰していれば世界は救われるの？　現に、戦争は無くならないし、人は死んでいくばかりだよ」

　遠い国の遠い場所の話だろう。僕らの国は平和だから、戦争で人は亡くならない。そもそも戦争すら起きない。どこかの国では信仰が違うからぶつかり合って戦う事だってあるのだ。

「今はそんな話をしているわけじゃ……」

「同じだよ」

　言葉は遮られた。

「全部同じ。絶対なんて、きっとこの世界のどこにも存在しないんだよ」

「それは分かんない」

「分かるよ。だってそうだったでしょ？」

絶対なんてないと言った誰かの口が見えた。それは綺麗に弧を描いていて、笑っているのが分かった。

「だから、もう二度とそんな事言わないで」

懇願だった。唇は弧を描いているのに、発せられた一言は全く違う色彩を纏っていた。何をそこまで恐れているのかが分からない。何を祈り続けているのか分からない。分からないことだらけだった。けれど想いが籠っている事だけは理解が出来た。

視界が眩しく輝いて浮上していく感覚に陥る。きっと目覚めが近いのだろう。僕は浮上する感覚に身を任せた。


汗まみれの身体に着ていた服がへばりついて酷く不快だった。外から聞こえた蟬時雨が苛立ちを加速させる。しかし、部屋の中は冷房が効いていて、汗をかく要素などどこにもなかった。目を閉じれば、夢の内容が繰り返される。こんなにも、動揺するとは思わなかった。

夢はあくまで夢だ。それ以上でもそれ以下でもない。そもそも、夢というのは睡眠中に過去に見聞きした記憶を脳の中で整理して、種類ごとに分けられた箱から勝手に引っ張り出されて混ざり合ったものだ。実体験として見た物もあれば、ゲームや漫画など、フィクションで見た景色や内容が反映される事も多々ある。少し前、大学の友人と一緒にホラーゲームを一晩中やったのだが、そこから三日ほどはホラーゲームの内容が反映された夢を見た。あの時は眠るのが怖くて堪らなくなった。

つまり、今見た夢もきっとどこかで見たものであるのだろう。アクアマリン色も、誰かの声も、これまで生きてきた中で見聞きしたものだ。それが何であるかは分からない、重要でない可能性の方が高いだろう。

それでも、何故か気になって仕方がないのだ。あの色も、誰かも、そして何故か勝手に動いて話す自分の口も、全部が非現実的なのに、どうしてもそうだと言い切れない。現実の僕はあの場所を知らない。誰かも分からない。夢に意識が持っていかれている。これは現実ではないのだ。何度見ても、ただの夢でしかない。

勢いよく上体を起こし、クローゼットから適当な服を見繕ってそれを持ったまま部屋を出た。向かう先は一直線で浴室だ。

きっと汗で不快になったから、あの夢の事を考えてしまうのだ。流してしまえば消えるだろう。そして冷水のシャワーを浴び、震え上がった頃には夢の事など忘れて君の事ばかりを考えるようになっていた。

縁側に座って一本の柱に身体を預け、向日葵の咲き誇る庭を眺めた。花は真っ直ぐ上を向いていて、陽の光を浴び美しく輝いていた。吸い込まれてしまいそうなほど透き通った空には夏の風物詩である入道雲もなく、ただ薄く白い小さな三日月だけが見えて、日中でも月が見えるのだという事を忘れていた脳がその存在を認識するのに少しだけ時間がかかった。耳には変わらず蟬時雨が鳴り響いているが、油蟬特有の低い音ではなく、ヒグラシの高い鈴の音であった。

晩夏の訪れを告げる音だ。ここから向日葵が下を向き、種だけになり、耳元でうざったく飛び続ける蚊の羽音はどこかに消え、夜が長くなり、鈴虫が鳴き始める。神社で見た芙蓉は枯れて、あの空間に花は無くなるだろう。アスファルトから上がる熱気も、遠くに立ち込める蜃気楼さえ消えて、夜は涼しくなり帰る日が近づく。

手元の端末には、君からのメッセージが表示されたまま光り続けている。今日は会えないとの旨を述べた簡潔なメッセージを見て、やる事が無くなった一日をどうやって潰そうか考えていた。

とりあえず陽の光を浴びようと思い縁側に出て座ってみたが、暑くて耐えられそうになかったので、その辺に置いてあった桶（おけ）に水を張って足を入れてみる。僅かだが涼を得たので良しとしよう。冷蔵庫の中に入っていた炭酸飲料を勝手に飲んで、午後二時過ぎの世界を眺め続けた。

多分、人生にはこういう時間が必要なのだと思う。忙しなく動き続けているだけでは気付かない事ばかりだ。こちらに戻ってから何度だって気付かされる。空に浮かぶ雲も、真昼の月も、蝉の鳴き声も、風の音も、向こうでは気にも留めなかったのだ。いや、気付く事すら出来なかったというのが正しいだろう。

先の事なんて考えないまま、今が楽しければそれでいいと言って目先の幸せだけを優先した。目先の幸せを叶えるにはお金が必要で、お金を作るには労働をしなければならなくて、好きでも何でもない場所で働き、目標もないままその場だけの幸せに酔いしれた。周りがこうしているから自分もこうしよう。皆がやっているから自分も大丈夫。貯蓄なんてしないから、いつだって生活はギリギリで、それでも両親に迷惑をかけたくないから何も言わなかった。いや、迷惑をかけたくないというより、プライドが邪魔をして言えないだけだ。今月ピンチだからお金をくださいなんて言うのは格好悪い。さらにそれを言ったら呆れられるであろう事が容易に想像出来ていた。

何をしたいかなんて問われても、返事はまだ出来ないままだ。むしろ、同じくらいの歳で明確な目標を持っている人間がいたら教えて欲しい。そいつはきっと、とんでもなく真面目な人間だろう。

　不意に足元を見れば、蚊が血を吸っている最中だった。思わず右手を振り被って蚊をしとめる。肌には潰れた蚊の残骸と、吸われた血が飛び散っていた。まるで何かの絵みたいだった。この蚊も生きるのに必死で血を吸ったのだろうが、そう簡単に吸わせるわけにはいかない。後で痒みに耐えるのはごめんだ。

　水で洗い流していれば、二の腕の裏辺りに蚊に刺された跡を見つけた。こちらに来てからというもの、竹藪の中や森の中、鉱山と自然が溢れる場所に足を運んでいたせいで例年よりも蚊に刺されていた。これが睡眠の質を下げる原因の一つであるような気がしてならない。

　特にする事もなくて項垂れていた時、手元の端末が震えた。君からのメッセージかもしれないと一瞬だけ期待したのも束の間、画面に映し出された名前はよく見知った人間のもので溜息を吐く。無視しようと考えたが、端末の震えは止まらない。諦めて応答しようと耳に寄せたその時だった。

『おい大晴！　まじかよ!!』

　耳鳴りがするほどの大きな声に、反射的に耳を押さえた。電話の向こう側では興奮した友人が矢継ぎ早に言葉を続ける。

『本気か!?　お前、あれ逃すなんて勿体ないだろ!!』

「……うるせぇ、嵐」

数週間前に別れた大学の友人の名を呼び文句を言った。しかし、それは彼の耳に届いていていないようだった。

『いや馬鹿だろ！　聞いたぜ、正気か？』

「……紗那の事だろ」

大方、言われる内容は理解していたのだ。だからこそ電話に出たくなかったし、無視を決めていたかった。せめてこの夏が終わるまでは見ない振りをしていたかったのだが、彼にそれは通用しなかったらしい。

『そう！　泣いてたぜ。大晴くんが帰って来ないのーって』

野太い声が下手くそな物真似を披露したが、何一つ似ていない。

『で？　何したわけ？』

笑いながら聞いてくる彼に呆れた声しか出なかった。多分、楽しんでいるのだろう。彼女が泣いていた事に対して責めているわけでもない。どちらかというと、馬鹿にした言い方だった。

仕方がないので一連の流れを説明しながら立ち上がる。桶に入れていた水を向日葵に対し乱暴にかけ、陽当たりの一番良い所に干す。生温(なまぬる)い風が吹いて風鈴に描かれた金魚が泳ぎ音を鳴らした。縁側に繋がる窓を閉め、階段を上り部屋に戻る。椅子に腰かけて机の上に飾られた写真立てを撫でた。写真の中の僕らは、何も知らないままで笑っている。

『なるほどね』

一連の流れを聞いた友人は納得したような声だった。

『まあそれはあれだわ、紗那が悪い』

「俺もそう思うけど、悪いとは言い切れない」

『でもお前の予定知ってて強行してきたんだろ？　それは普通に男女関係なく無しだな。俺は嫌』

「俺も嫌」

同調してくれた人間がいて安堵したからなのか、思わず顔が綻んだ。藤川に聞かれれば、これだから男は、と文句を言われそうだが、残念な事にこちらから見れば無しだ。

『さっき会ったんだけど、まあ泣きまくってたぜ』

「……へぇ」

『で、俺言っちゃったんだよ。面倒な女だなって』

「おま、まじか」

思わず口を押さえてしまった。こいつにデリカシーがないのは知っていたが、まさか本人に面と向かって言うとは思わなかった。

『でも大晴だって思ってただろ？』

「いや、まあ思ってたんだけどさ」

口にしなかったのは、向けられた好意に少なからず喜んでいた自分がいたからだ。多少面倒だと思っても恋は盲目だから、いつしか気にならなくなると思った。けれど、最初からそう思っていたという事は、恋は盲目パワーが発揮されなかったという事だ。最初から彼女の事をそこまで好きではなかったという証拠だろう。

『まあ大丈夫だろ。秋学期始まったらケロッとした顔で新しい男作ってるぜ。間違いない』

「有り得そうな話だな」

もう一人の女友達と違って、彼女は恋愛経験が豊富だ。彼氏が替わっている所も何度だって見てきている。

『恋に恋してるんだろ』

「お前もな」

『大学生なんてそんなもんじゃねえの』

吐き捨てるように耳に届いた声に、写真を撫でる手が止まった。確かに、今までは自分もそうだった。

「かもね」

否定も肯定も出来なかった。そんなものだって、言われてしまえばそれまでだ。けれど今の自分は、そんなもので終わらせたくなかった。

『そっち行って心境の変化でもあったわけ？』

鋭いなこいつ。確実に話のネタにされるので言うのを躊躇ったが、写真に写る君の笑顔がその考えを消し去ってしまった。今ここで話しても、嵐が君に会うわけではないだろう。もしかしたら紹介しろと言われるかもしれないが、そんなものは無視して構わないのだ。

「そうだね」

『は？　まじで？』

「まじ。本当に」

『何だよ、女でも出来たか？　お父さん嬉しいぞ』

泣き真似が聞こえて頭を抱えた。しばらく返事をしなかったが、痺れを切らした嵐が質問攻めを始めてしまったので諦めて応じる事にした。

『本当に女？』

「いや、女なのは女だけど、彼女じゃない」

『いくつ？　どこで知り合った？』

「……同い歳。幼馴染」

『例の幼馴染か!!』

再び大声を上げた嵐に、本日何度目になるか分からない溜息を吐いた後、通話の音量を下げる。

「例のって、俺そんなに言った憶えないけど」

『テスト最終日に言ってただろ？　初恋の幼馴染』

「ああ、確かに言ったわ」

ほとんど忘れかけていた内容だったが、よくそんな他愛(たあい)もない話を憶えているものだ。

『あの時俺衝撃だったんだよ』

「何でだよ」

『いや、幼馴染だぜ？　誰もが羨むシチュエーション』

「……凄いくだらないわ。聞いて損した」

　どうやら幼馴染という言葉に興味を持っただけらしい。

「……乙女ゴリラ」

『おい、聞こえてるからな』

　小さく呟いた悪口は耳に届いていたようだ。普段よりもずっと低い声の返事に苦笑する。

『偶然の再会ってやつ？』

「だね。本当にたまたま」

『へぇ。どんな子なんだ？』

「昔は世話焼きで、しっかり者で、明るい子だったよ。よく笑うし、よく怒る」

『昔は？』

　時間は残酷だ。関係性も、僕の知っていた君も、どんどん変わっていってしまう。変わった理由さえ知らないまま、あの頃の君を見つけて安堵するのは馬鹿げているだろうか。君が君である事は変わらないというのに。

「今は変わった」

『大人しくなった？』

「大人しいというより、まあ変わったんだよ」

『時間は人を変えるからな』

「正にその通り」

嵐は時折核心をついた一言を口にする。今だって放たれた一言に納得して苦笑する自分がいる。

『で？　変わった彼女が好きって？』

「変わったから好きなんじゃないよ。逆に昔と変わらない所を見て安心してるくらいだし」

『じゃあどこが好きなんだ？』

「どこが好きとかじゃない。俺、ずっと黎夏の事が好きだったんだなあって、気付いただけ」

今も昔も、変わる事なく君が好きだった。ふとした瞬間に見せる笑顔も、こちらを見て頭を抱える姿も、面倒見がいい所も、一つの物を大切にしている事も、全部が好きだった。離れた時間が僕らに何をもたらそうとも、この気持ちだけは変わらないのだ。君がどれだけ大人になって変わっても、君が君であり続ける限り、僕はきっとずっと、君が好きなままだ。

『青春だねぇ』

「うるせぇ」

『この夏の間に告白する予定?』

「その予定」

『はあー、青春だねぇ!!』

「おっさんみたいな返し」

向こう側では悶えているのだろう姿が容易に想像出来た。あの筋肉質な腕を交差して気持ち悪く、くねくねしているに違いない。

『そうだ、話変わるんだけど』

「何?」

これ以上追及されれば面倒な事になるのは分かっていたので、話を変えてくれた事に安堵する。

『就職活動の広告来た? あれ行く?』

恋愛の話よりも追及されたくなかった話が始まってしまった。ごみ箱の中にはまだ、ぐしゃぐしゃになったままの広告が入っている。

「行きたくない」

『だよな。俺も』

椅子を回転させながら膝を抱える。先程蚊に吸われた箇所が赤く腫れ上がっていた。

『先の事とか全然分からねぇよ』

分からないままだ。けれど、これを分からないままで終わらせてはいけない事も分かっているのだ。人生の選択なんてしないままでいたい。

『俺たち理系学生だろ？　就職には確かに有利だけどな』

「嵐は何かやりたい事あるわけ？」

『俺？　あるわけねぇだろ』

「それ聞いて安心した」

しかし、嵐は歯切れの悪い様子で言葉を続けた。

『写真続けられたらいいんだけどな』

一筋の光に縋る(すが)ような言い方だった。あくまで願望、けれどそうであればよかったという言い方だった。彼の趣味は写真を撮る事だった。バイト代数ヶ月分を貯めて買ったカメラには秘話がある。

「俺に感謝した方がいいよ」

『だから、いつも感謝してるって』

彼がカメラを始めたいと言い出したのは大学生になって数ヶ月経った頃だった。家も近く、お互いに一人暮らしをしていた理由から仲良くなった嵐とは、入学してからよく行動を共にしていた。藤川たちと仲良くなる前の事で、数人の男子と一緒に過ごしていたある日、カメラを買いたいと言い出したのだ。唐突な一言に困惑したが、もっと困惑したのは彼が買おうとしているカメラだった。十万以上するカメラは最新のモデルで、プロが使うような一眼レフカメラだった。一体これを買ってどうするのだと言った憶えがある。

しかし、彼は諦めなかった。バイト代を数ヶ月貯めて買うと言い出した。だが、一人暮らしでいくら仕送りを貰っていても、バイト代が無ければ生活出来ないのは明白だった。そんな時、こいつはカメラを買うために人の家に転がり込んできたのである。光熱費や水道代を浮かせるため、僕の一人暮らしをしている部屋に転がり込んできて、一緒に生活をしていた。僕も僕で、お金に余裕があるわけでもなかったので何とか追い出そうとしたが、彼の仕送りを貰うという契約で成り立った。最終的に目的の物を買えて家から出て行ったが、もう二度と二人暮らしをしたくなかった。

彼のカメラの腕は目を見張るものがあった。同じカメラで同じ景色を撮っても、彼の写真は輝いていた。唯一の特技だと言っていたが、全くその通りだと思う。

『俺ら理系だしさ、就職先で写真は撮れないだろ？』

「だろうね」

『安定した企業に入るのが親にとって幸せなんだろうけど、俺は写真を止めたくないなあって思ってる』

あるじゃないか、やりたい事。言いかけて止めた言葉は喉奥に引っかかったままだった。何もないと言っておきながら、自分のやりたい事があるではないか。求められた理想と進みたい道の狭間で悩んでいるだけだ。自分とは違った。やりたい事など何もないのだ。情熱を注ぐような何かなどない。だからといって、求められた理想を全うするだけの人間にもなれない。

中途半端だ。全部が、人生全てが中途半端だ。生き様も、全部が中途半端だ。君が好きだったはずなのに連絡を取らずに忘れた気になって、七年振りに再会して好きだと気付くのも、求められた理想にはまろうとしながらも、答えを探そうとするのも、全部中途半端だ。

夢や理想がなくとも人は生きていいだろう。全ての人間が光を見るわけではない。けれど確証のない何かを欲しがるのはいけない事だろうか。見つかりそうにもない答えが、いつか見つかると信じては駄目だろうか。それまで待っていてはくれないのだろうか。どうして時間は過ぎ去ってしまうのか。

人生が百年だとしたら、その内の四、五十年が労働だなんてやるせなかった。働かなくてはいけないのは分かっている。生きるためにはお金を稼がなくてはいけない。けれど生きる目標もないのに、生きなくてはならないなんて苦痛だと思ってしまうのはおかしいだろうか。死にたいわけではない。けれど、もう少しくらい時間をくれてもいいのではないかと思ってしまった。納得出来る答えが見つかるまで待ってくれたら、そこから歩き出しても構わないのではないか。

「続けるべきだと思うよ、俺は」

自分とは違う、情熱を持った人間が羨ましくなった。勝手だが、答えが見つからない自分の代わりにその夢を叶えて欲しいと思った。止めるべきではない。彼の才能は僕が知っている。普通の生活を選ぶにはもったいない才能だ。

『そうか？』

「俺にはそういうのないから、羨ましい」

何も持っていないと思った。能力も、才能も、個性も、秀でた所が見つからない。勉強が出来るだけでは意味がない。

『大晴にもあるだろ』

「ないよ。少なくとも今は考えつかない」

『今は考えつかなくても、ここから見つかるかもしれない』

「見つかる前に就職してると思うんだけどね」

『少なくとも、幼馴染が好きだっていう答えはあるだろ』

「その幼馴染がさ、今一緒に答えを探してくれてるんだけど」

『は？　どういう事？』

　僕は君と再会してから今に至るまでの経緯を説明した。二人で子供の頃行った場所に赴いて、何がしたかったのか、答えを探す冒険に付き合ってくれている。そう話せば、彼はいい幼馴染だなと言った。

『惚（ほ）れそう』

「ふざけんなよ」

『冗談だって！　そんなに怒んなよ！』

　舌打ちをしてベッドに腰かける。不機嫌な態度が相手にしっかりと伝わったようで、慌てた声が聞こえた。

『見つかったか？』

「見つかったらこんな話してないでしょ」

『それは確かに』

このままでは駄目だと思っていても、何を変えればいいのか分からず、何をすればいいのかも分からない。そんな様子を見たから提案してくれたのだろうけれど、君の期待に応えられるような正解が得られるとは限らない。

『そもそも大晴は何になりたかったんだよ』

子供の頃を思い出した。君に手を引かれて走っていた僕は、君よりも背が低く、その事をからかわれていつも泣いていた。女に守られているだなんて笑われて、笑われる度に君が助けてくれた。背筋を伸ばしてと、どれだけ背中を叩かれたか分からない。そんな君が大好きで、いつか僕がその手を引きたいと思っていた。終ぞその日は訪れないまま別れて、大人になった。

子供の頃、君の輝く瞳が大好きだった。まだ見ぬ世界へ希望を見出している目だった。結局僕らが発見した物は、遠い昔に誰かが発見していた物ばかりで、世界から見れば新鮮さなんて欠片もなかったけれど、僕らにとっては大発見の連続だった。

ああ、そうか。一人納得してベッドに仰向けになる。

僕は多分、君に希望を与える人間になりたかった。君が読んで感動した小説に酷く嫉妬した。だから読まなかったのだ。どれだけ説明されても聞き流していたのは、君に希望を与えたその作家が羨ましくて仕方なかったからだ。

それでも希望を抱いた瞳を見るのが好きだったから、冒険に付き合って君の隣に居続けた。その希望を共有出来る立場でありたかった。けれど本音はいつだって、君が憧れた世界を知る人間でありたかった。

「……小説家になりたかった？」

『何で疑問形なんだよ』

「いや、小説家になりたかったわけでもないかと思って」

誰かに希望を与える存在でありたかった。叶うなら、他の誰でもない愛しい人に希望を与えたかった。勉強は出来ないくせに、無駄な知識ばかり持っている君を感動させたかった。君の見ている世界に、僕がいて欲しかった。

君の事ばかりだ。

『小説読まないだろお前』

「読まない。でも多分それ黎夏のせいだ」

『何で？』

「馬鹿みたいな話なんだけど、嫉妬してたんだよ」

　今も昔も変わらずに、君の手元にあるボロボロの本に対して嫉妬している。話をすれば彼は愉快そうに声を上げて笑っていたが、ひとしきり笑った後真剣な声が聞こえた。

『じゃあ探さないとな』

「探す？」

『何が希望かなんて皆違うだろ。どんな形であれ、誰かに希望を与える人間になるのは簡単そうに見えて難しい』

「曖昧過ぎるしね」

『そうか？　いいと思うけどな。何も考えられないわけじゃないだろ』

「就職に役立たないけど」

『別に企業に就職する事が全てじゃないだろ』

　今日ほど彼が友人で良かったと思った日はないだろう。曖昧で定義のないただの願望を、いいと言ってくれる人間はこの世界に何人いるだろう。少なくとも、君は言いそうだ。君は誰かの理想論を聞くのが好きだから、人間の可能性を信じている。

『まあ時間はまだあるしな。駄目そうだったら院行けばいい』

「大学院まで行って勉強したくないな」

『奇遇だな、俺もだ』

彼の笑いに釣られて自分も口を開けて笑い声をあげた。声に出せば胸の中にうごめいていたモヤモヤした感情がどこかに消えていく。全て彼の笑い声が消し飛ばしているようだった。

『まあ楽しんで帰って来いよ。帰ってきたら紹介してくれ』

「嫌だよ」

『その頃にはお前の彼女かもしれん』

「どうかな。だといいけど」

この夏が終わっても、君といる未来が欲しい。それを作るためには自分で行動しなければいけない。恋も将来も、全ては自分の手で選んで、この口で告げる事だ。電話を切った時には既に二時間が経過していた。しかし、心は晴れやかだった。僕は貴重品だけポケットに入れて外に出る。午後四時過ぎの世界は、変わらず眩しかった。

暇を潰すというのは正にこの事で、行き先もないのに出かけて、ただお金を使うほど無駄な事はないと思う。しかし、今の僕には間違いなくこの時間が必要だった。何をするわけでもない、自分自身と向き合う時間が人生でどれくらいあるだろう。どれくらいあってくれるのか分からない。歩き始めた足は変わらぬテンポで道を踏みしめ音を鳴らす。どこに向かうかも分からない。けれど、足は勝手にあの場所へ向かっていた。

人気（ひとけ）のない博物館の前で立ち止まる。閉館間近、自動ドアに近づけばこの前と変わらない冷たい風が頬を掠めた。足は止まる事なく先へ進む。そのまま何も考えずにどんどん先へ行き、一枚の絵の前で足を止めた。潜水艦は一筋の光だけを頼りに先の見えない深海を進んでいる。前回見た時には思わなかったが、それはまるで今の僕のようだった。

一筋の光に縋っている。光は君の形を模していて、深海はこの先の将来を指し示している。潜水艦は僕で、光が導く方向に進み続ける。先なんて何一つ見えない。分からないままだ。

あの頃の君は、この絵に何を見出したのだろう。ただ、小説で読んだ背景のようだから目を奪われたのだろうか。今の君はこの絵を見て何を思ったのだろう。時折、君の表情が曇るのはどうしてだろう。僕の頭は君の事ばかりだった。

「大晴くん？」

背後からかけられた声に反応し振り向けば、そこには中年の男性が立っていた。

チェックの半袖シャツを着ていて、黒い眼鏡をかけている。白髪交じりの髪に、目元は君にそっくりだった。七年前より老け込んだ男性を、僕は記憶の中で照らし合わせていく。

「黎夏のお父さん？」

口に出せば彼は嬉しそうに微笑んだ。

「帰って来てたのかい？」

「はい。夏休みの間だけですけど」

柔らかい表情を浮かべた彼は僕の隣に並んだ。ずっと高く見えた身長はいつの間にか僕の背が抜かしていた。

「黎夏に会った？」

「会いました。一緒に出掛けたりしてます」

「そうか」

嬉しそうに、しかしどこか寂し気な表情をした彼の瞳が揺らいだのを、僕は見逃さなかった。

「娘と仲良くしてくれてありがとう」

僕の肩を叩いた彼は、仕事だからといってどこかに消えてしまった。一瞬の出来事だった。僕はその場で固まってしまった。彼は何を伝えに来たのだろう。久し振りの再会だったのだが、こんなにも早く終わるとは思わなかった。仕事を邪魔する気はないが、こんな片田舎の人が来ない博物館で仕事が忙しいとは思えなかった。

何だか不思議な気持ちになった僕は、再び絵に視線を戻した。絵は動かないままだ。結局この後潜水艦がどこに行ったのかは分からない。深海の奥底まで沈んでいったのか、それとも光に導かれて浮上したのか。君の好きだった小説の最後はどうだったのだろう。主人公たちが潜水艦から逃げ出した後、その潜水艦はどこへ消えたのか。再び深海に戻ってしまったのだろうか。

博物館から出て帰り道を歩いていく。少し寄り道をして海沿いを歩けば太陽が少しずつ傾いている事に気付いた。道路と隣接した歩道を歩いていく。視線の先、古びたバス停が見えて、不意に七年前の別れを思い出した。

一緒に沈んで浮上した時、互いの瞳に涙はなかった。ただ何も言わず、手を取り合って帰路についた。びしょ濡れになった僕らを周囲の大人は心配したが、僕らは何も話さなかったのだ。次の日、古びたバス停の屋根の下、君は一人で立っていた。一言二言交わした後、僕はバスに乗った。君は最後まで泣かなかった。笑いもせず、泣きもせず、顔すら歪めないままで、ただ遠くなっていくバスを見続けていた。僕は涙を堪えてずっと君を見続けた。あの日の君が、浮上した記憶の中で鮮やかに蘇る。

「懐かし……」

「あれ？　大晴じゃない？」

　鮮やかな思い出が目の前から消え去って、代わりに現れたのは数名の男女だった。よく目を凝らしてみると、全員に見覚えがあるのに気付く。

「やっぱり大晴じゃん！」

　駆け寄って来た一人の男性が僕の肩を抱いた。思いがけない再会に驚いた僕は声が出なかったが、変わらない関係性を見て酷く安堵したのも事実だった。

「久し振り、翔陽、美鈴、康平」

　三人は僕の同級生だった。小学校から一緒で、君を含む五人で何度も遊びに行った。東京に行ってから、翔陽とは何度か連絡を取っていたが、実際に会うのはこれが七年振りだった。僕の肩を抱いた翔陽は、大学の友人にどこか似た風貌だった。明るくていつも騒いでいる彼と、僕は仲良しだった。部活動でも、私生活でも、男友達の一番といえば彼だった。

　短く切り揃えた髪をなびかせた美鈴は、その髪の色こそ変わったものの、浅黒い肌は変わっていなかった。康平は眼鏡の奥に汗を滲ませていて、昔から変わらぬ姿のまま大人になった三人が僕の目の前に現れた。

「変わってないね」

「大晴は変わったね？　東京に染まった？」

笑いながらからかってくる美鈴は当時と変わらない。

「この二人なんて全然変わってないでしょ」

「おい、お前もだろ！」

「ごもっともだ。美鈴も全然変わってない」

「はあ？　変わったからね私！」

言い合いを始めた三人を見て、当時を思い出して思わず頬が緩む。僕の中でこの町で起きた一番大切な記憶を有しているのは君だが、友人たちと笑い合っていた記憶も大切な物の一つだった。

「何でいるんだ？　里帰り？」

「じいちゃんがあんまり調子よくないって聞いて帰って来てた」

康平の言葉に返事をすれば、肩を抱いていた翔陽が腕を首に回して軽く絞めて来る。

「帰って来るなら連絡よこせよ！」

「ごめんって、全然忘れてた」

彼とは頻繁に連絡を取り合っていたのだが、今回の帰省に関しては全くと言っていいほど忘れていた。一言連絡を入れれば良かった。そうすれば、この町にいる間の暇な時間が潰せたかもしれない。

「凄い久し振りだよね。今何してるの？」

「大学生。翔陽も大学生だよね？　二人は？」

「私看護の専門学校行ってるよ」

「俺も専門学校」

僕を挟んで歩く姿は、まるであの頃と同じ姿だった。成長しても、話している内容が変わっても、変わらないものがあると確信する。君と一緒にいる時はそこまで感じなかった。やはり、友情と愛情は違うものなのかと知る。

「俺たちは来年就職だからな」

「本当にね。もうちょっと遊んでたかった」

「それはご愁傷様」

僕と翔陽が合掌すれば、二人に叩かれた。

「他人事だと思って！　あんたたちも二年後にはこうよ！」

「そうだそうだ」

二年後なんて、きっとあっという間に来るだろう。けれど予想など出来ないままだ。明日の事も分かり得ないのに、二年も先の未来を想像する余地がどこにあるのだろう。

「ていうか黎夏に会った？」

「会ったよ。何度か一緒に出掛けてる」

「そうなの⁉」

突然、三人が立ち止まった。僕は訳が分からなくて首を傾げる。三人は驚いた顔でこちらを見ていた。

「え？　何で？」

「あいつとは大学入ってから連絡取らなくなったからな」

「何かあったの？」

「何かあったというか、行方不明になった？」

「行方不明？」

頷いた三人に、僕はさらに首を傾げた。

「進学先教えてくれなかったんだよ」

翔陽の言葉に僕は疑問が残った。君が進学したのはこちらの大学だから、教えても構わないだろう。なぜ、教えなかったのか、理由が分からなかった。

「連絡しても全然返って来なくて。どこ行ったか分からない状態だった」

僕の知らない時間に何があったのだろうか。

「でも生きてるみたいで安心した」

「久々に連絡来て、実は死んでました！　とかあったら笑えねぇもんな」

「それは小学校の頃の担任」

「え？　担任の先生死んだの？」

「そうだよ。つい数ヶ月前に。連絡来なかった？」

「分かんない。来てたかも」

「まあそんなもんだよな」

時間が僕らを希薄にさせていく。連絡を取り合わずとも、どこかで生きていて幸せでいればそれでいいやなんて思っている。小学校の頃の担任の先生が死んでも、僕らは何も思わない。ああ、あの人はこんな人だったなとか、長い人生の中で一瞬の時間を共有した人の事を忘れていく。悲しくもなければ、辛くもない。ただ、そうだったんだと思うだけだ。

「大晴と黎夏いるなら、巻き添えにしない？」

「それ名案だな」

「何が?」

僕の知らない所で盛り上がっている三人を訝しんだ目で見れば、キラキラと輝いた瞳で三人は顔を見合わせて笑った。その瞳はあの頃の君とそっくりで、僕は何を見ても君を思い出してしまうと自嘲めいた笑いが込み上げてしまった。

「中学校のプールに忍び込む!!」

「……本気で言ってんの!?」

思わず声を上げれば、翔陽が親指を立ててどや顔をした。いや、違う。誇れるものではない。

「学生最後の夏休みに悪をしたいっていう康平と美鈴の案」

「中学校はやばいでしょ。不法侵入だし」

「大晴」

ふと、美鈴が僕の肩を叩いた。首を横に振って、知ってるのよと呟く。

「この前鉱山に忍び込んだの、あんたでしょ?」

「何で知ってんの!?」

「やっぱり当たった!! この町に若い男性なんてほとんどいないもの!」

どうやら僕はかまをかけられたらしい。ものの見事に策にはまってしまった。

「話題になってるぜ。鉱山に若い男女が忍び込んだって」

「さすが狭い町……」

「という事は相手は黎夏か？」

康平の言葉に頷けば、三人はニヤニヤした顔でこちらに詰め寄って来る。

「何だよ……」

「相変わらず仲良いですねえ」

「俺等には連絡取らずに黎夏とはそんな事するなんて」

「たまたま会ったんだよ！」

「ふーん？」

僕は先を歩き始める。早足でその場から離れようとしたが、美鈴の一言で足を止めた。

「侵入したの、大晴だって言ってもいいんだよ？」

「……ずるい」

「だから黎夏と一緒に来なさいよ」

明後日だからねと、勝ち誇った顔で僕の横を抜けていく美鈴を恨めしく思い目で追ったが、翔陽に背を叩かれ、諦めて従う事にした。

「これでお前も共犯者だからな！」

呆れ混じりに吐いた溜息の中に、子供の頃に感じたような期待が混じっていたのは僕だけの秘密だ。

第四章「浮上した想い」

今日に題名をつけるなら、不法侵入第二回だろう。今日で常習犯になるのはごめんだったが、脅された手前、行くしかないのも分かっていた。

夜の学校に忍び込むというのは正に青春そのものだった。しかし、二十歳過ぎてからやる事でもないのは事実だ。やるとしても、その学校の生徒であった内だけだろう。学校の生徒であれば、もしばれてしまった時に罪が軽くなるのかもしれないが、僕らがやろうとしているのは本当の不法侵入だ。どうかばれない事だけを願っている。

「で、何で私まで巻き込まれたの？」

背後には腕を組んで不服を申し立てている君がいた。いつもの麦わら帽子と日傘はなかったが、その手を覆った手袋は健在だった。街灯が夜の町を照らす。灯(あか)りの下に集まった虫の中にカブト虫を見つけて思わず指をさしたが、君は溜息を吐いてそれを無視した。

「カブト虫いる！」

「カブト虫なんているでしょ」

「東京では見ない！」

「貴方今いくつですか？」

　カブト虫を見たのはいつ振りだろう。立派な角を持ったカブト虫は遠くからでも分かるほど大きく、存在感を放っていた。捕まえたくてそちらに近づいたが、君が呆れながら先に行ってしまったので、捕獲を諦めて後を追う。その背に最初の問いの答えを返した。

「黎夏も忍び込んだのがばれたから」

「あれは晴のせい」

「石盗ったのは誰ですか？」

「……晴だって盗ったでしょ」

「黎夏ちゃんがポケットに入れてきたからですよ」

　君のサンダルがアスファルトを踏む度に音を鳴らす。踵の高いサンダルは、君の背をいつもより高く見せていたが、それでも僕より小さい事には変わりなかった。

　夏の夜空を彩る星座が、今にも零れ落ちて来そうだった。空が高いのに、星には手が届きそうだなんて思ってしまう。

「三人と連絡取ってなかったの？」

「進路違ったから」

「へぇ」

「何が言いたいの？」

「ううん別に。皆黎夏と連絡取れなかったたって言ってたから」

「進む道が違えば、疎遠になるものでしょ」

その言葉がずしりと心に重くのしかかった。いつだって君の言葉は正論だ。僕だって、翔陽とは連絡を取り合っていたものの、実際に会ったりはしなかった。誘われても忙しいからなど、何かと理由をつけて断っていた。会おうと思えば会えたはずなのに、それをしなかった。君に対してもそうだ。会おうと思えばいくらでも会えた。

けれどそれが出来なかったのは、やはり時間と共に希薄になってしまった関係性が大きいのだろう。人は変わる生き物だから、生活も環境も関係性も、どんどん変わっていく。変わった関係性を受け入れて歩き出すしかないのに、当時に戻りたいと思ってしまうのはいけない事だろうか。

「そうだね」

君の言葉を噛み締めて、一音一音を選ぶように返事をした。僕は多分、ずっと悲しかったのだ。変わった事を受け入れるしかない大人になった自分が、今もまだ君が好きで、変わっていない所を探し続けている。一人だけ時間に置いて行かれたように、当時の僕らを探し続けている。

中学校、閉まった門は大人ならば簡単に乗り越えられる高さだった。隣の段差に足をかければ簡単に侵入出来てしまうだろう。それを見越してか、三人は既にその段差に乗って僕らを待っていた。翔陽の手にスーパーのビニール袋が握られているが、中身は分からなかった。

「こっちこっち！」

「でかい声出すな美鈴!!」

「翔陽もでかい声出すなよ……」

笑顔で手を振る美鈴、大声で怒る翔陽、頭を抱える康平はあの頃と変わらなくて、一瞬半年しか着る事の出来なかった制服を着ていた頃を思い出した。

「久し振りー、黎夏あんた戻ってるなら連絡しなさいよ」

「ごめん、全然その考えが頭になかった」

「酷いなお前」

懐かしい友人に囲まれた君はどこか楽しそうで、不思議と僕の口角も上がっていく。二人でいる時には見られなかった君がそこにいたからだ。他愛もない世間話もそこそこに、美鈴が手を叩いた。それは侵入の合図だった。

「ねぇ、本気で行くの？」

「当たり前でしょ」

「不法侵入だよ。知ってる？　俺たちもう大人なの。捕まるよ？」

「この前鉱山に不法侵入したのは誰だよ」

鼻で笑った翔陽に何も言い返せなくなって前髪を掻き上げる。

「まあ大丈夫だよ。どうせ来年には廃校になるし」

「廃校になるの？」

「そうだ。知らなかったのか？」

まさかの事実に驚きを隠せなかった。少子化が進んでいる昨今で田舎の学校が閉鎖していくというのはニュースで聞いたが、まさか地元の学校が廃校に追い込まれていたとは知らなかった。

「寂しくなるよね」

そう言いながら美鈴が門を乗り越えた。続いて康平が乗り越え、翔陽は助走をつけて飛び越える。相変わらず運動神経が良い。立ち尽くしていた僕を置いて、君は段差に上り、門に足をかけゆっくりと地面に着地した。門の向こう側に四人が並んだ時、何だか悲しくなったのは言うまでもないだろう。

先程まで変わってしまった事を考えて、それに抗おうとしていたのに、時間は無情にも僕の目の前にやってくる。永遠なんてありはしない。思い出の地はどんどん姿を変えていく。戻って来てから歩いているだけで、変わった町に何度も気付かされたのに、ここまで変わってしまうのか。無くなってしまうのか。

「おい、早くしろよ！」

翔陽の声に反応し、段差に足をかけて門を飛び越える。きっと、これが最後だろう。中学校のプールに忍び込むなんて馬鹿げた事はもう出来ない。来年、同じ事をしようとしても、この場所は無くなってしまうだろう。取り壊されていなくとも、プールに水が張ってある事はない。

先を歩き始めた三人を追いかけるように駆け出す。ふと、君の姿が見えないのに気付き、振り返れば門の所で立ち止まっていた。

「黎夏？」

名前を呼んだ時、生温い風が吹いて君のワンピースが風に揺れた。

「どうしたの？」

「……何でもない」

歩き始めた君は僕を追い越す。

「廃校って知ってた？」

「うん、知ってたよ」

「何で教えてくれなかったの？」

「晴にとって、ここは母校って言えないのかなと思ったから」

確かに母校というには短すぎる時間だったが、それでも君と通ったこの場所は間違いなく、僕の思い出の場所だった。プールに向かいながら、僕は当時を思い出していた。

初めて制服に袖を通した君を見た時、随分と距離が開いたと感じた。それまではそんな事思いもしなかったのに、君が急に大人になってしまった気がした。セーラー服を着た君が、今まで見たどんな君よりも女の子に見えたからなのかもしれない。制服は僕らに男女の意識を芽生えさせた。

半年という短い時間だったが、この期間は濃密なものだったと思う。陸上部に入った僕は、練習の合間に校庭から僅かに見えるプールをよく眺めていた。理由は君が水泳部に入ったからだ。時折、プールにいる君と目が合って、練習しろとジェスチャーされた事も懐かしい思い出だ。君の練習が終わるのを下駄箱で待った。いつも髪が濡れたまま走って来る君が愛おしかった。一緒に帰る約束をしていたわけではないのに、僕が勝手に待っているだけだったのに、君は僕を待たせていると思って急いでやって来るのだ。髪を乾かす時間くらい待つのにいつも走って来るから、僕は嬉しくて仕方なかった。

君の生活に当たり前に僕がいた日々は、ここで終わりを告げた。

「侵入成功!!」

「イェーイ!」

思ったよりもずっと簡単に侵入出来たプールは、透明な水が張られていて揺らめいていた。しかし、いくら星が輝いている夜といえど足元は暗く危なかったのだが、翔陽のビニール袋から出てきた物が灯りを点して暗闇を明るくした。

「何で蠟燭持ってるんだよ……」

ビニール袋から何個も出てきた蠟燭に、ライターで点していく翔陽を見て頭が痛くなった。オレンジ色の光が、プールサイドを照らしていく。ただのプールが、一瞬にして美しい物に変わった。

「花火やろうと思って」

ビニール袋から取り出されたのは、お徳用パックの花火セットだった。道理で蠟燭が出てくるわけだ。その辺にあったバケツを手に取った彼は、プールの水を汲んでこれで良しと呟く。

「ちょっと待て。それに花火のゴミ入れんの？」

「おう。悪いか？」

「ゴミどうするの？」

「ビニール袋にまとめて捨てるよ。置いて行くわけないだろ」

君の問いに笑いながら応える翔陽を見て、君と目を合わせて溜息を吐いたのは言うまでもないだろう。

「軽率」

「鉱山に忍び込んだお前らに言われたくないんだけど」

「私たちはもっと頭使ったよ」

ね？　と同意を求めて来る君に、頷く事が出来なくて苦笑する。僕らも僕らで、人の事は言えない。勝手に忍び込んだ挙句、石を持ち帰って管理人に見られるという失態を犯しているのだ。決して頭を使ったとは言えないだろう。

「帰りにちゃんと掃除しよう……」

そんな事を言った矢先、突然美鈴が服を脱ぎ始めた。

「は？　何してんの？」

「何って水着」

脱いだ服を投げ捨てて水着になった美鈴がプールに飛び込んでいく。続いて康平も水着になってプールに入っていった。

「水着、着て来てないの？」

「ないよ！」

君を見れば首を横に振っていた。どうやら同じく水着を着て来てないようだ。

「私は入る気なかったから」

「黎夏水泳部だったのに、泳がないの？」

「うん。足だけにしとく」

サンダルを脱いでプールサイドに腰かけた君は、足だけ水の中に入れ遊び始めた。

その肌は真っ白で、照らされた蠟燭と水面に反射し、キラキラ輝いていた。

僕は貴重品を水から離れた場所に置く。濡れて壊れたら堪ったものじゃない。さて、僕も君と同じように足だけ入るくらいにしようか。そう考えて、サンダルを脱いだその時だった。

「よっしゃ行くぞ!!」

突然、翔陽が僕の腕を引っ張った。そして、プールに飛び込んだ。

　大きな水音が耳に届いて、冷たい感触が身体を包み込む。沈む身体に驚きつつ目を開ければ、透明な気泡が無数に揺らめいて、逃げ場を探すように水面に上がっていった。ぼやける視線の先には、僕と同じように服を着たままの翔陽が笑っていて、僕は思わず水中で彼を蹴飛ばした。そして、酸素を求めて水面に浮上した。止めていた息を解放し、大きく口を開いて酸素を身体いっぱいに行き渡らせる。顔を手で拭った時、視線の先で君が困ったように微笑んでいた。

「大丈夫？」

「……大丈夫じゃない」

「凄い飛んできた」

　ワンピースの裾を見れば、水が染み込んで模様のようになってしまっていた。申し訳ないと思ったけれど、これに関しては僕のせいじゃないだろう。言葉をかけようとした時、背後から息を吸う音が聞こえて思わず振り返る。笑い続ける翔陽に思いっきり水をかければ、彼は楽しそうに水をかけ返してきた。

「ふざけんなよ！」

「そんなに怒んなよ」

「怒るよ！　落とされるとは誰も思わないだろ！」

「安心しろ。俺も服のまま入ったから」

「そういう問題じゃない……」

　楽しそうな友人を見て、もう何を言っても無駄だと思い頭を抱えた。中学校のプールの水深は浅くて、一番深い所でも立ててしまった。この町で生まれた以上、泳げない人なんてほとんどいないから、このくらいの深さは大した事がなかった。

「まじで最悪」

「東京ではプールに飛び込まないのか？」

「少なくとも服のまま飛び込む馬鹿はいない」

　額に張り付く髪を上げて、光り輝く水面から顔を出す三人を見た。怒っているのは僕だけで、君ですらも楽しそうに笑っていた。

「俺濡れたまま帰るのか……」

「いや、乾くと思うぞ」

「それを信じたい」

　諦めて身体の力を抜き、水面に浮かぶ。空は高くて星は変わらず輝き続けている。僕らがどれだけ変わっても星の位置は変わらずに、僕らがどれだけ生きても星の瞬きにすら届かないなんて酷い話だ。足をゆっくり上下させ、君の許に向かう。君は足で水飛沫を上げ、僕の顔にかけてきた。

「……酷くない？」

「晴がこっち来たから」

「来ちゃ駄目なの？」

「ちょうどいい所にいたから」

思いの外楽しそうにしている君を見て、僕の心は何故だか安堵した。水に入るのが好きなのは変わらないらしい。夏は一週間に一度、海かプールに連れて行かれたのはいい思い出だ。君から少し離れて遊んでいる三人に近づけば、美鈴に肩を抱かれ、耳元で小さく囁かれた。

「いい感じじゃん」

「黎夏と？」

「それ以外何があんのよ」

僕は再び君に視線を移す。プールサイドで一人、水を弾いて遊ぶ君が輝いて見えて仕方なかった。飛び散った水飛沫も、細い足も、小さく微笑むその顔も、全部水面に揺らめいて美しく見える。

「まあ、黎夏、お前がいなくなってから誰とも付き合わなかったからな」

康平の言葉に目を丸くすれば、いたずらな笑みを浮かべた翔陽が話を続ける。

「大晴がいなくなってから、あいつはモテまくってた」

「……本当に？」

「お前がいるせいで話しかけられない奴が多かっただけで、あいつは人気だったよ」

水泳部期待のエース、しっかり者で中心的な存在、顔もいい、と指を立てていく翔陽を見て、僕は眉をひそめた。君が異性に人気だと言われている所など、見たためしがないからだ。小学生の時に至っては、男子よりも背が高かったせいでからかわれていたのに、人はすぐ態度を変えるらしい。僕は君の背が高くても、低くても、変わらず隣に居続けたのに。

「黎夏と大晴はペアみたいな所があったからね。皆話しかけにくかったと思うよ」

「付き合ってるって思ってたやつがほとんどだろ」

「……付き合ってなかったけどね」

「でもお互い好きだった」

だろ？　と僕に聞き返してきた翔陽を見て視線を逸らしたのは、形容しがたい想いがこの胸に残っているからだ。好きだった。きっと物心ついた時からそうだった。けれど、この想いは過去形にはならない。三人は既に、過去の出来事として話しているが、僕にとっては今を生きる感情なのだ。

「高校入っても、浮いた話一つもなかったな」

「鉄壁のガードだったからね」

「俺が思うに、お前からの連絡を待ってたんだろうよ。俺には連絡するのに、黎夏には連絡しないから」

「……向こうだって連絡してこなかったけどね」

「お互い意地張り過ぎたんだよ。どっちかが一言連絡入れれば済む話だろ」

笑いながら話す彼に、僕の眉間に皺が寄ったのが分かった。

「大晴が東京で違う生活を送ってるのに、今更連絡した所でって思ったんじゃない？ 私が同じ立場だったらそう思うかな」

平泳ぎを始めた美鈴は、優雅に僕の目の前を横切っていく。

「……何だそれ」

「でも実際に連絡しなかったでしょ？ そういう事なんだよ」

「そういう事って？」

「取るに足らない存在になってしまったって事」

君がいなくても生きていけた。酸素を吸って二酸化炭素を吐き、水を飲んで食事をすれば人間なんて生きていける。誰かが隣にいなくても、一人でだって前に進める。僕だってそうだった。君がいない人生にすぐ慣れて、君ではない誰かと付き合っては別れて、この町の事も思い出さず、あの日の口づけだけが脳裏に残った。

連絡先を知っていたのにメッセージ一つしなかったのは、純粋に怠惰からだろう。僕がしなくても、君がしてくると思った。勝手に期待して、来なかったら来なかったで別にいいやと思った。その時点で、僕の中の君が取るに足らない存在になってしまった。この町では得られない体験を東京という都市は教えてくれた。娯楽も知識も、こんな田舎町よりずっと優れていた。染まった気はなかったのに、いつの間にか染まっていた。初めからこの街で生きていたような感覚にさせられた。僕の当たり前は君がいるここではなく、君がいない眠らない街へと変わってしまった。

くだらない意地と、小さな期待だった。前日にキスをして共に沈んだあの時間が、僕の気持ちを全て伝えてくれたと思っていた。新しい生活に慣れるのが大変だから、君が先に連絡をくれると思っていた。あの日の想いを受け入れて、新しい関係性を築けると勝手に考えていたのだ。けれど、それは違った。別れの日、君は涙を流す事も、微笑む事もせずバス停から僕を見送った。あの時の僕は寂しい気持ちを表すのが格好悪いと思ったから、離れるのは寂しくないとか、そんな事を口にしていた気がする。

本当は、好きだと言って君を縛り付けるのが嫌だった。それ以上に好きだと言う感情が別れを自覚し、悲しみを助長させるものになってしまうのが怖かった。

連絡をせずに時間だけが過ぎていく。最初の数ヶ月、寂しかったのは僕だけだったのかと思っていた。悲しいのも、苦しいのも、好きという二文字すら言えずに後悔したのは僕だけだったのかと感じた。君にとって僕は大した存在ではなかったのだと、自覚するような時間だった。結局、いつしか連絡を取る事も億劫になって記憶から忘れ去られた。七年の時間の中で、君からの連絡は一度もなかった。そして、僕から連絡する事もなかった。思い出が過去になり、脳が脚色して美しい物になるまで時間はそうかからなかった。今だってあの頃の君の瞳が、キラキラ輝いていた気がするのだ。本当はそんな事なかったかもしれない。僕が勝手に美化しているだけで、目にした景色は、見つけた物は、何の変哲もない有り触れた姿をしていたかもしれない。

今の君は間違いなく綺麗で、見惚れるくらい素敵な女性になった。けれどそれすらも、僕の目が脳が勝手に脚色しているだけなのかもしれない。

怠惰で傲慢だ。何もしなかったのは僕だった。君からの連絡を待つのではなく、僕から連絡すればよかった。この町に戻る理由なんていくらでも見つけられたのに、それをしなかった。

待っていてくれたのかもしれない。僕が有り触れた日々を送って君を過去の物にしている間、君はまだ僕を過去にせずにいてくれたのかもしれない。ただ一言、想いを伝えるだけで良かったのに、思春期特有の恥ずかしさから、僕は何も口にしなかった。どれだけ行動しようがたった一つの言葉を伝えられない人間が、誰かを幸せにする事など出来やしないだろう。

「……過去ね」

「でもお前とは連絡取り合うって事は、まだ脈はあるんじゃねえの」

「ワンチャンス、ワンチャンス」

人差し指を立てながらこちらの気持ちなど一切無視で盛り上がる三人に頭が痛くなった。簡単に言ってくれるが、それが出来なかったから今こうなっているのだろう。けれどこの夏が終わる前に、僕は君に想いを伝えるつもりだった。過去の出来事など関係なく、今の僕が変わらずに君を好きだと言わないと、何一つ前に進めない気がした。このままあの日の思い出に縋っても、過去は変えられない。僕らが変えられるのは今と、この先の未来でしかない。

水を掻く足が、零れる毛束を耳にかけるその仕草が、美しくて扇情的で仕方ないのだ。その瞳は何を映しているのかも分からない。自分の事ばかり考えていた僕は、君の事を何一つ考えていなかった。君がどうしていたのか、知らないままでいいやなんてそんなのは嘘だ。知りたい。僕がいなくなってからの君が、誰と仲良くして、どんな景色を見て、何を思ったのか、一つ残らず教えて欲しかった。少しでも、僕の事を思い出してくれたのか、思い出す事さえないくらい一瞬だったのか。全部、君の口から教えて欲しいのだ。

「花火しようぜ！」

一足先に上がった翔陽が、花火セットを持ってプールサイドを駆けた。服は濡れたままで、絞れそうなくらい水が滴っている。それに同意した二人が、僕を残してプールから上がった。僕は再び身体を水に預け、水面に浮かぶ。星は変わらず輝いて、耳には皆の声と水音、そしてヒグラシの鳴き声が届いた。

少しの悔しさと情けなさがこの胸に残り続けている。君の隣で変わりゆく季節を見届けられなかった何一つ為す術を持たない弱い自分と、変えられたはずの関係性を変える事が出来なかった怠惰な自分。そして、それを受け入れて仕方ないと言う自分が立ち止まっている。

大人になるとはこういう事なのだろうか。色々な事を受け入れて、仕方がなかったと口にし、過去を許容するのが大人になるという事なら、僕は今、大人になろうとし

ているのだろうか。なりたくないと思うのは、子供の僕がまだこの脳内に生きている
からなのか。
「なりたくないな」
「何が？」
　降ってきた声に反応し目を開ければ、君が立ったまま僕を見下ろしていた。その手
には数本の花火が握られている。
「花火やらないの？」
「……やるよ」
「晴の分持って来たよ」
　よく見れば同じ種類の花火が二本ずつ手に握られていた。ああ、そういう所が好き
なのだ。当たり前のように、僕の分まで持ってきてしまう所が。別に放っておいても
いいのに、勝手に取りに行くのに、君はいつだって自分の分と僕の分を手にしてやっ
てくる。
「で、何になりたくないの？」
　プールから上がって着ていたシャツを脱ぎ水を絞り取る。バケツをひっくり返した
かのような水音が立って足元に大きな水溜まりを作った。軽く叩いて皺を伸ばす。こ

のままズボンまで脱いで絞りたかったが、君がいる前でそんな事は出来なかった。濡れた髪の水分を取るべく犬のように頭を振る。君の小言が聞こえたが、聞こえないふりをして頭を掻いた。きっとぼさぼさになっているだろう。けれど今はどうでもいい。

「大人」

ぶっきらぼうに、唇を尖らせながら返事をする。濡れたシャツをプールサイドに広げた。帰る頃には乾いている事を切に願う。

「もう大人だよ」

「年齢とかの問題じゃなくて」

しゃがみ込めば君は火のついた蠟燭を僕らの間に置いて同じようにしゃがみ込んだ。肩が触れ合いそうなくらい近いのに、点った火が僕らを確かに分ける。

「仕方ないって認めたくない事ばっかだ」

「例えば？」

「……中学の時、黎夏に連絡しなかった事とか」

持っていた花火を僕らの間に並べていた君の手が止まった。線香花火が何故か多くて、そういえば君が好きだったなんて、くだらない事を思い出した。

「待ってた？」

「……かもね」

　手袋の皴を戻した君と、目は合わないままだ。僕は水面、君はプールサイドを見続けている。

「忙しいと思ったから連絡しなかったよ」

「だと思ってた」

「でも本当は仕方のない事だって諦めてた」

　視線を戻せば君は線香花火を手に取って蠟燭に近づけていた。火薬に火が移り、小さく火花が散る。オレンジ色の球体の周りを、小さな花が咲いては散っていく。

「変わっていくのが当たり前で、疎遠になるのが当たり前で。離れていくのが当たり前で、思い出になるのが当たり前で」

　花は大きくなり激しさを増す。球体は大きくなり、最後の命を鮮やかに散らそうとしていた。

「いなくなった事にすぐ慣れたって言ったでしょ？」

「言ってたね」

「本当は、慣れた振りをしてたらそれが当たり前になっただけ」

　命が儚(はかな)く落ちていった。僕らの間に咲き乱れていた花は一瞬にして散ってしまった。

「気が向いた時にでも連絡をくれたらとか、長期休みに入ったら戻って来るかとか。そんなくだらない事ばかり考えてた」

君は新しい線香花火を手に取って再び火を点す。

「でも自分が晴の立場だったら連絡しないだろうなと思ってから考えなくなった」

「何で？」

「私だったら、新しい街で新しい居場所を得たら過去はいらないと思うから」

パチパチと音を立てて火花が咲き始める。僕らは線香花火の光だけを見ていた。

「過去は思い出になって必要なくなる。たまに懐かしむ事はあっても、もう一度やり直すために戻る事はないでしょ」

「……そうだね」

「そうだよ。でも別に待ってたわけじゃないから」

「さっき、かもねって言ったのに？」

「だってもし本当に会いたかったら、私から連絡してた」

心臓にチクリと鋭い何かが刺さった気がした。

「しなかったのは怠惰と傲慢、それと意地。自分からしたくなかっただけ」

「俺と同じ事考えてたんだ」

「そうだね」

再び、花火が最後の命を鮮やかに散らそうと激しさを増していく。

「大人になったんだよ」

「そう思う？」

「あの頃を思い返して、笑いながら話せるっていう事はそういう事だと思う」

君の口角は僅かに上がっていて、その眉は緩やかに下がっていた。穏やかな笑みだ。

「そっか」

喉奥から込み上げてくる想いはまた、声にならず二酸化炭素を吐いていく。歯の隙間から音にもならない息が零れ出していくのは、この想いの行き場を見失ったからだ。そんな穏やかな笑みを見てしまったら、この想いが過去ではなく、今を生きているなど言えるわけがないだろう。

「でもなりたくなかったらならなくてもいいんじゃない？」

「そう思う？」

「その先に晴が納得出来る答えがあるなら」

いつだって僕の前を歩き、先回りをして言いたい事に気付いている。

「時間は戻らないんだよ」

「知ってるよ」

「どれだけ過去に縋っても、戻らないから歩くしかないんだよ」

君がこんな事を言うようになった理由が大人になったからだというのなら、僕はずっとこの夏に置いて行かれたままだ。

「歩ける人は歩くべきなんだよ」

「歩けない人もいるって事？」

「いるよ。皆が皆、前に進めるわけではないもの」

線香花火が落ちて、君の取り分が無くなる。僕は目の前に置かれていた自分の分の線香花火を君の前に置いた。君は一度こちらを見て、何故か悲しそうに笑った。

「答えは見つかった？」

人生の指針はまだ見つからないままだ。この胸には将来の事も、夢も希望も存在しない。ただ、君が好きだという事だけしかない。けれど、それだけでは駄目な気がした。想い一つは動くきっかけになっても、僕の人生を決める物ではないのだ。

「……見つからない」

明確な目標が欲しいと思うのは我儘（わがまま）だろうか。例えるなら、どこの企業に就職したいとか、何歳までに結婚したいとか、そんな人生計画表を書きたい。けれど、始まりが書けないのだ。振り返った時、きっとこの夏が始まりになるかもしれない。しかし今は、書き始める事すら出来ないのだ。

「この世の全ての幸せを凝縮して生まれ育った人には、美しい小説の最初の一文ですら書けない」

「……それ誰の言葉？」

「私の言葉」

　小さな肩掛け鞄の中から出てきた本は、変わらずボロボロだった。

「私は作者に会った事がないから分からないけど、多分この人相当な変人だと思うの」

「突然どうしたの」

　突然の批判に驚いた僕は眉をひそめた。しかし、君は小説を僕に渡してくる。それは思っていたよりもずっと重たく感じられた。君が読み続けていたせいで想いが重いに変わってしまったのかもしれない。

「だって頭おかしいと思わない？　いくら港町で生まれ育ったとは言え、こんな風に冒険をしたわけではないんだよ」

「辛辣じゃない？　確かにそうだけどさ」

「高価な真珠も、失われたはずの大陸も、サンゴ礁も、何一つ自分の目では見てない。それどころか潜水艦にすら乗ってない」

濡れた指でページをめくったが、君はそれを気にも留めなかった。

「でもこんな作品を書き上げたのは、この人が幸せで凝縮されたような場所で生まれ育っていなかったからだと思う」

「何でそう思うの？」

「そうじゃなければ冒険になんて憧れないよ」

それに、と言葉を続ける君の目は、僕の手元にある小説に注がれていた。

「きっと世界には、この世の全ての幸せを凝縮して生まれ育った人なんかどこにもない」

君の瞳が、僕を捉えた。

「皆、葛藤しながら生きて、喜んだり悲しんだりするから。作者のように非日常に憧れて冒険に出る人間だっている。私たちが正にその典型例だったけれど」

でしょ？　と言いながら首を傾げた君を見て、僕はそうだねと頷いた。

「だから皆きっと、自分だけの物語を描けるんだよ。他の誰でもない、自分だけの人生を描く。ここで立ち止まっても、命が続く限り物語も続いていく。今、抱いている想いも、焦りも、何もかも、物語を脚色するための要素に過ぎない」

　人生は一つの物語だと、いつかどこかの誰かが言っていた。自分にしか描けない、自分が主人公の物語だ。だから、好きに歩けと聞いた覚えがある。

「今答えが見つからなくても、焦る必要はないと思う」

「どうして？」

「いつかは必ず、辿り着くものだから」

「自分は辿り着いたみたいな言い方だね」

「……そうだね」

　君が再び線香花火を手に取った。僕は小説を閉じて同じように花火に手を伸ばす。

「辿り着いたよ」

　その一言が、妙に頭に残って離れなかった。笑っているのに笑っていないようだった。君の出した答えが、君自身を幸せにしたのか教えて欲しかった。けれど、微笑んだ君を見て聞くのを止められている気がした。僕は諦めて長めの花火を手に取る。火を付ければスプレーのように飛び出た火花に驚いて仰け反ってしまう。君はそれを見て馬鹿だと言った。先程まで纏っていた雰囲気はどこかに消えていた。明るい緑色の火花は音を立ててプールに落ちていく。灰は水面に浮かび、音もなく静かに沈んでいった。手元には火の消えた花火の残骸だけが残っていた。再び、火花が散る事はない。

僅かに燻(くすぶ)る炎はゆっくりと風に攫われ消えてしまった。

「俺が答えに辿り着いた時、黎夏はそこにいる？」

「それは分からないよ。先の事なんて、誰にも分からない」

「この夏の間に辿り着いたら？」

「その答えにもよるんじゃない？」

僕は先程と違うデザインの花火を手に取った。鮮やかな色紙で巻かれているそれに火を付ける。君の顔は見なかった。

「何でそう思うの？」

「全ての人が賛同するようなものではないかもしれない」

「少なくとも、君は賛同して欲しいんだけど」

「するかもしれないけど、そこにはいないよきっと」

「断言出来る？」

「さあ、どうだろうね」

手元から先程とは違う赤色の火花が放射線状に伸びていく。

「何でそんなに焦ってるの？」

「二十歳だし、就職とか、将来の事とか聞かれるから」

「それだけ？」

君の言葉に固まった僕の手元から、火花がゆっくりと散っていった。人に言われたから、大人になったから、そろそろしっかりしなくてはいけないと思った。両親を安心させるような企業に勤めて、幸せな家庭を築く。けれどこれは、誰かが作った普通という物差しが決めた基準に過ぎない。

僕は何をそんなに焦っているのだろうか。君の一言で、根本の原因を考える。今まで年齢や将来の事のせいで焦っていると思ったが、その全てが当てはまらない気がする。理由など分からない。ただ、この胸に焦燥感がある。それが消えないのだ。

もっと大切な物があると思った。想いを伝える事でも、将来を考える事でもない。何かもっと、大切な事を見落としている気がした。考え込む僕の耳に、翔陽の大きな声が届いて思考の世界から戻ってくる。

「そろそろ引き揚げるぞー！」

言われて時計を見れば、時刻は既に午後十一時を回っていた。侵入したのは二時間前だ。いつの間にか時間が経っていたらしい。僕は思っていたよりも楽しんでいたみたいだ。夢中で気付かなかった。

足元に散らばったゴミを拾って、彼が広げたビニール袋の中に入れていく。乾いてくれと願っていたシャツは少しだけ湿っていたが、着れる状態になっていた。夏の暑さに、今日ばかりは感謝する。さすがに上半身裸で帰る気は起きない。濡れていた髪も、ズボンもいつの間に水分を飛ばしていた。後片づけをして、プールを後にする。

校門を飛び越えて帰り道、また会おうと言いながら一人ずついなくなっていった。中学校から一番遠いのは僕の実家なので、必然的に最後は一人になるのは分かっていたが、横並びに一列で歩いていた所から一人ずついなくなっていく様は人生の岐路に感じられた。選ばなかった道の先へ歩いていく友人たちに再び会えるかどうかは分からない。この先連絡を取り合って予定を合わせようとしても、きっと全員で集まる事は難しいだろう。

僕と君だけが残った帰り道は、夜だと言うのに暗さを感じなかった。空に輝く星と街灯、夏の夜が持つ特有の明るさのせいだ。そして分かれ道に差し掛かった時、じゃあねと口にしていなくなろうとした君を思わず呼び止めた。

「あのさ」

「何?」

振り返った君はどこか不機嫌そうで、ああ、これは眠くて機嫌が悪いのだとすぐ分かった。なるべく手短に済むよう、僕は次の約束を取り付ける。連絡をすればいいのに呼び止めたのは、君だけはいなくならないで欲しかったからなのかもしれない。人生の岐路で分かれ道を歩き、会わなくなる友人たち。それは仕方のない事だと分かっている。選ぶ道は自分で決めるから、全ての人が同じ道を選ぶ事はない。けれど君だけは、僕が選んだ先にいて欲しかった。このまま、帰したくなかった。

「……その日だったらいいよ」

目を擦りながらいつもよりも低い声を出す君を見て、そろそろさよならをしないと次会った時に怒られるなと思った。僕は手を叩いて行きよりずっと明るい声を出して、君に手を振った。

「おやすみ」

「……おやすみ」

君の家はすぐそこだから大丈夫だと思うけれど、途中で寝ぼけて電柱にぶつからないで欲しいと思うくらいに眠そうだった。夜更かしが苦手な所は変わらないままだ。

帰路についた僕は空を眺めながら今日の事を思い返す。そして、この胸をざわめく焦燥感の正体を考えたが、答えは何一つ出てきそうになかった。

鮮明だった。真っ白な部屋、輝く何か、白い椅子に自分は座っていた。いつものように遠くから映像を眺めているのではなく、今日は自分がその場に存在していた。いつかの夢の続きは、ついに僕に体験をさせようとしている。

目の前のベッドには誰かが横たわっていた。上体を起こすのを手伝おうと手を伸ばす。それは相手の手によって遮られた。誰かはアクアマリンが覆い見えないままだ。きっと日中なのだろう。窓の外から明るい日差しが差し込んで、白い部屋に反射している。僕の口が勝手に動いたが、音は耳に届かなかった。誰かも同じように口を動かすが、その声は届かない。やがて僕の口が矢継ぎ早に何かを言う。誰かは唇を一文字にして、話す事を止めた。僕は必死に身振り手振りをし、誰かに何かを訴えかけている。

ふと、誰かの頬に涙が伝った。

それは絶え間なく溢れ出し、やがて顔を覆い身体を震わせ泣き始めた。僕は困惑した。しかし、これは間違いなく僕が何かを言って泣かせたのだろう。それ以外、誰かが泣く要素などなかった。

前回は泣いているような息遣いだけが聞こえ、実際に泣いているかは判断がつかなかった。けれど、言葉には確固たる意志を感じられた。今回はどうだろう。前回よりもずっと、誰かは弱々しかった。僕は誰かを抱きしめた。こんなにも小さかっただろうか。弱かっただろうか。震えていただろうか。頭の中に沢山の疑問が浮かび上がっては消えていく。

「何かしたい事はある？」

ようやく、僕の声が聞こえた。誰かは首を横に振った。

「何だって出来るよ。きっと地球の裏側まで行ける」

誰かは再び首を横に振る。それでも僕は言葉を続けた。

「一緒に行くよ。どこでも構わない。行きたい所へ行こう」

誰かの泣き声は大きくなって、僕の耳元に嘆きが届く。誰かは僕を突き放した。そして、僕に向かって涙ながらにこう言った。

「いつもいつも、明るくて、こっちの気持ちなんて何一つ知らない。貴方には何も分からない」

飛び起きた先は実家の部屋だった。痛いくらいに鳴り響く心臓が、夢を現実だと言っているように聞こえた。カーテンの隙間からさんさんと降り注ぐ日差しが、僕に現実を教える。こちらに来てから何度も見た夢は、寝起きの僕に悪い気がしてならない。目が覚める度に何かしたくなる衝動に駆られ、一瞬にして全てを忘れてしまう。どうして何かをしたいと思ったのかは分からないままだ。夢の中の僕に聞きたいくらいである。今、何をしようとしていた。そんな疑問が浮かんでは消えていった。

季節は既に晩夏に差し掛かっていた。こちらに来てから二十日以上の時間が経っている。思っていたよりも早く移り変わった季節は、僕に一つの課題だけを置いて行った。答えは未だ出ないままで、今日も変わらず海岸沿いを歩く。当初はこの一ヶ月が暇で仕方ない物になると考えていたが、緩やかに過ぎ去っていく時間は僕が考えていたよりもずっと濃密だった。全ては君との出会いからだ。

夕陽が水平線に落ちようとしていた。空は赤く染まり、入道雲はどこにも見えない。薄い雲の影は紫がかっていて、頬を掠める風から蒸し暑さが消えていく。連日続いていたヒグラシの鳴き声が、いつの間にか鈴虫に変わっていた。前を歩く君の影が伸びていく。麦わら帽子が風に揺れて、白い肌に茜色の陽が差し込んだ。帰り道、夕暮れ、バス停に向かうまでの道のりはあの日を彷彿(ほうふつ)させた。

ふと堤防に上って海を見る。足音が聞こえなくなった事を不審に思った君が振り返る。そして、僕を見て眉をひそめた。

「……危ない」

「黎夏だって上ってた」

　偶然にも再会した日と同じ場所で堤防に上っていた。君が僕の前に現れた、数週間前の話だ。あの時、僕は君がこの世の物とは思えないほど浮世離れして見えた。堤防から降りてきてもまだ、君を現実だとは思えなかった。再会は僕をおかしくさせた。

「夕陽が沈むよ」

　指をさした僕は、水平線に揺らめいて落ちようとする太陽が眩しくて、目を細め何度か瞬き（まばた）を繰り返す。再び開いた視界に、緑色の残像が残った。

「太陽が沈む所を見るとさ、もう一回昇って来るか不安にならない？」

　子供の頃、海に沈んでいく夕陽を見て思った事だ。あの頃の僕は、太陽の仕組みも、地球の自転も、何も知らなかった。君から教えられた深海という言葉だけが頭に残っていて、太陽は深海に沈んでいくものだと思った。沈んで、沈んで、沈み続けて。誰かが引っ張り上げて朝になると、可愛らしい事を思っていた日もあった。今思えば何て頭の悪い発想だと思うが、何も知らない子供の僕に、世界は不思議な事で溢れていたのだろう。

「昔は深海に沈んでいくと思ってた」

　笑いながら思い出した事を語れば、君はそう、と言って黙り込んだ。そして深く息を吸った。僕は堤防の上から君を見る。君は真っ直ぐ僕を見ていた。その瞳の中に茜色が映って炎のようだと思った。

「明けない夜はないんだよ」

真っ直ぐ届いた声は、僕の耳を反響して脳内を駆け巡った。

「分からないよ。太陽が無くなったら夜は明けない」

有り得ない話だけど、と言葉を続ける。君の言葉が、まだ頭に残り続けている。

「人生だってそうでしょ」

目を伏せた君はどこか憂いを帯びた表情で水平線を眺めていた。君の言葉一つ一つが重くのしかかっていく気がする。

「ずっと暗闇の中にいる人生だってあるかもしれないよ？　ゴッホみたいな」

思いついた芸術家の名前を口にする。独特なタッチで美しい絵を描き続けた画家の名前だ。今でこそ彼の作品は脚光を浴びて有名になったが、彼が生きていた時代に称賛を得る事は叶わなかった。死後何十年も経ってスポットライトの当たる場所に出て来る人間の人生は、決して明るい物ではなかっただろう。現に、彼は精神を病み、耳を切り落として、最後には銃で自殺している。三十七歳という若さでこの世を去った芸術家の人生は、きっと暗闇の中にあったはずだ。

「最後はそうだったかもしれない。でも、そこに行きつくまでに光の下を歩く事はあったでしょ」

「そんなの分かんないよ。俺たちは彼を知らない」

「私たちは彼を知らないから、彼の人生が暗闇の中にあったって言えないでしょ」

論破、と言いながら手をフラフラさせる君に少しばかりの不満を抱いたが、それを口にする事はしなかった。

「明けない夜はないんだよ。時間は待ってくれないもの」

君は堤防に寄りかかりながら話を始めた。

「晴が引っ越すって聞いた時、時間が止まった感覚がしたよ」

中学一年生初めての夏、夏休みをどう過ごすかと皆で集まっていた時だった。両親から引っ越しの話を告げられたのは。最初は実感が全然湧かなかった。友人たちが驚いていても、僕だけは何故か、他人事のように感じた。けれど目の前にいた君が、この世の全ての絶望を体現したような表情で固まって視線だけを動かし僕を見たから、そこでようやく、君の隣からいなくなる未来を理解出来た。

「突然で何の前振りもなくて。当たり前に晴が隣にいる夏がまた来るんだって思ってた」

学校に行くのが億劫になった。毎日君が起こしに来る度に、これが最後になるかもしれないと苦しくなった。憂鬱な気分で登校した僕を、翔陽たちが明るく元気づけてくれた。けれど君だけは、その件に対して何も触れなかった。変わらず朝部屋に入って来て、変わらず僕を起こして通学する。あまりにも変わらないから、転校なんて嘘なのではないかと錯覚するほどだった。

「晴がここからいなくなる日まで、いつも通りでいようとしたの。そしたら離れても、変わらない関係性でいられると思った」

遠くにバス停が見えた。見送りに来た君は、泣きもせず笑いもせず、僕の乗ったバスをただ眺め続けていた。バスの中で必死に感情を押し殺す僕と、無表情で僕を見送る君は正反対で、寂しいのは僕だけだったのかと思った。悲しいのも、苦しいのも、好きという二文字すら言えずに後悔したのは僕だけだったのかと、あの瞬間に思ってしまった。

「時間は待ってくれない事を知った」

一緒に沈んでしまいたかった。深い海の底に行けば誰にも邪魔されないと考えた。この別れが無くなってしまえばいいと思った。けれど人間は肺呼吸をする生き物だから、酸素を求めて浮上してしまった。水圧に耐えられないから、陸地を歩いて別れを取った。あの夏に、想いを置き去りにした。

「……時間は待ってくれないならどうすればいい？」

あの夏に置き去りにした感情が、まだこの胸にくすぶり続けている。この夏で得た愛情が、この心を染め上げている。あの日々に見つけた何かは、今の僕には新鮮味のない物となった。この日々で見つけようとしている答えは、あの頃の方が見つけられる気がした。

「進むべきだよ」

君は沈みかけた太陽に目を細めた。

「未来に進めるのは、今を生きている人間の特権でしょ」

どこかで聞いた事のある言葉だった。どこで聞いたかは分からない。あの頃の君が、僕に教えてくれたのかもしれない。流行りの小説で、命の尊さを知った主人公が言った台詞かもしれない。僕たちはいつだって誰かに影響を受けているから、同じような言葉を発し、同じような考えを抱くのは当たり前なのかもしれない。

けれど、君の言葉に僕の心が突き動かされた。言えなかった想いが、喉奥にしまい込んでいた熱が、この口からようやく音になりそうだった。

「黎夏」

君の名前を呼んだ。明け方の夏を冠する、世界で一番美しい名前だ。

「今も昔も変わらず、俺は君が好きだよ」

僕らの間に晩夏特有の涼やかになった風が吹いた。君の帽子が攫われて地面に落ちていく。長い黒髪が舞って、輝く瞳が大きく見開かれた。

「離れてからもずっと、あの夏が忘れられないまま大人になった」

柔らかな唇の感触がまだここに残っている。同じ酸素を吸っているのに、もう二度と同じ息は吐けない事を知った。もう二度と、道が交わらないのに気付いた。あの夏が永遠になればいいと願った。けれど今の僕は違う。

「この夏が終わっても、隣にいて欲しいんだ」

この夏が終わっても、君と笑い合える人生でありたい。秋が来て、冬になって、春が過ぎ去っても、僕の隣には君がいて欲しい。もう二度と、同じ過ちを繰り返したくない。手を離せば簡単にすり抜けて行って、会えないまま大人になった僕らだから、次に手を離したら二度と会えないまま死んでしまうような気がしてならなかった。

君の顔が歪んだ。酷く悲しそうな顔をして、首を激しく横に振った。

「……無理」

小さく絞り出された声は拒絶だった。心に大きな穴が空いて、そこに風が吹いた気がした。君はワンピースをきつく握り締めたまま下を向いていた。

「もう遅いよ」

博物館に行った時と同じ言葉を吐いた君は落ちた麦わら帽子を拾った。やけに冷静な僕は、前に君が言った事を思い出していた。人生にはどれだけ願っても叶わないものがある事を知っていると言っていたが、僕にとって今がその時だとは考えたくなかった。

「……俺の事嫌い？」

酷い問いかけだと思う。嫌いだったら、ここまで一緒にはいてくれない。答えを探すため、くだらない冒険と称した遊びには付き合ってくれない。けれど、その心に抱くのが思慕ではないと、認めたくなかった。だって君の事だから、嫌いだったら僕を突き放しているはずだ。何も想う事がなければあの夏の話なんてしないはずだ。

確証がある。ずっと、君を見ていたから分かる。口で嫌いと言われても、君が僕の事を嫌いになれるはずがない。僕の知っている藍原黎夏は、そういう人間だ。

「……ううん」

ほら。僕は自分に言い聞かせて安堵する。

「……俺の事好き？」

ずるい人間だ。君に言葉を求めたがる、醜い人間だ。もう分かっているくせに、確証を得て安心したかった。そして断る理由を教えて欲しかった。

「うん」

曇りのない瞳が僕を射貫いた。今まで見たどんな瞳より美しく、意志が籠っていた。決して変わらない愛を映し出していた。真っ直ぐ過ぎるその瞳を見て、顔を歪めたのは僕の方だった。

「じゃあ何で……」

断る理由が分からないのだ。君がその口で教えてくれないと、僕の想いは消化すらされない。長年の片想いが本当は両想いであった事を、十三歳の時に知った。そして今も変わらぬ想いがここにあるというのに、僕らを邪魔するものは一体何なのか教えて欲しかった。

「答えてよ」

縋るように、堤防の上でしゃがみ込んで君に手を伸ばした。見ていられないくらい顔を歪めている君を見て、きっと僕も同じような顔をしているのだろうとどこか他人事のように思った。麦わら帽子を握り締めて、零れ落ちそうになる涙を堪えた君は首を横に振るだけだ。

僕は何も知らないんだ。君が拒絶する理由も、この七年間で君が何を見たのかも分からない。教えて欲しいと願っても、君は教えてくれない。痺れを切らした僕は、堤防から飛び降りて君の前に立った。その小さな身体を抱きしめて、理由を聞こうとしたその時だった。

伸ばした手が弾かれた。宙に放り出された手は、思っていたよりもずっと強い痛みを感じた。弾かれた腕が今の僕らの全てだと気付いた。

「いつもいつも、明るくて、こっちの気持ちなんて何一つ知らない。貴方には何も分からない」

瞬間、視界がアクアマリンに染まった。酷い頭痛と吐き気が身体を襲い、思わずその場に蹲る。ガンガンと音を鳴らすように響く頭痛、視界を染めるアクアマリン、不快な吐き気が何かを言いかけて声にならない叫びを表しているようだった。脳内を誰かの声が反響し続ける。輝く何かが、僕の足元に転がっていく。白い部屋で泣いている誰かが、僕の名前を呼び続ける。訳が分からなくて頭を抱えその痛みに耐えた。酸素を求め必死に胸を上下させる。

ようやく身体中に酸素が回った時、視界からアクアマリンが消え去った。目の前にいたはずの君はどこにもいなくなっていた。ただ、夕陽が沈み暗くなり始めた道に、僕だけが座り込んでいた。全てが夢だったかと思わせるような出来事だった。しかし、未だ痛む頭が、現実だと教えてくれる。

「……何なんだよ」

立ち上がった僕は、まだ少しだけ痛む頭を抱えて帰路についた。道中で君に連絡をしたが、返信はなかった。玄関の扉を開け、何も言わず一直線で部屋に向かう。ベッドに横になろうとしたが、この脳に浮かび上がる疑問の数々が、僕を寝かしてはくれなかった。何かがおかしい。あれは夢じゃない。僕は何を知らない。

何を忘れている。

絶え間なく違和感を発生させる頭痛にイラつきながらも、携帯電話の履歴を遡る。翔陽や美鈴、康平たちのメッセージ、嵐との通話履歴に紗那や藤川とのやり取り、両親からのメール、どんどん履歴を遡っていく。アルバムの中身も、通話履歴も、メッセージのやり取りも、ソーシャルメディアも、何もかも、全ての履歴を遡る。そして、一つのメッセージに辿り着いた。

「……黎夏？」

日付は一年前の夏、メッセージの内容は、何時頃に来る？　という内容だった。

「……何で」

再会したのは今年の夏だ。七年振りに会った。君は綺麗になっていて、僕の記憶に成長した君はどこにも存在していない。しかし、このアドレスは間違いなく君の物だった。数週間前に教えてもらった連絡先と一致している。メッセージのやり取りは続いていた。履歴は今年の初夏まで存在している。他愛もない話から、時刻や日付の約束まで書かれていた。僕は訳が分からなかった。

僕は一年前に君に会っているのだ。十九歳の夏、君と再会したと履歴はそう語っている。

「どうなってんだよ……」

焦燥感がこの胸を駆け巡って心拍を速まらせた。こんなの嘘だ。会っていたら憶えているはずだ。僕が君を忘れるわけがないだろう。否定して欲しくて君に電話をかけるが、応答はなかった。

行かなくちゃいけない。頭が考える前に足が先に動き始めた。母の制止も聞かず、玄関で脱ぎ捨てたサンダルに足を入れ、留め具を留める事もないまま走りだす。向かう先は君の家だった。

会って話がしたかった。一年前、僕らは会っているのかと聞きたかった。それが嘘か本当かは分からない。でも、君なら分かるはずだから真実を教えて欲しかった。僕が忘れているのなら、どうしてこうなってしまったのかを教えて欲しい。どうして七年振りだと嘘をついたのかを教えて欲しい。知らない事が、誰かを救うとは限らないのだ。

　あの頃何度足を運んだか分からない場所へ駆けていく最中、突然後ろから声をかけられた。急いでいるのにこんな時に誰が僕を止めるのだと、苛つきながら振り返った先にいたのは見知った人物だった。

「大晴くんだよね？　大きくなったね！」

「黎夏の……お姉ちゃん」

　君の四つ離れた姉が、そこに立っていた。君とは違う魅力を放っていた彼女は、久し振りだと言いながら僕に近づいてくる。しかし、僕は今すぐにでも君の許へ行きたかった。

「黎夏に会いに来たの？」

「はい、でもあの」

「わざわざ一緒に帰って来てくれたの？　本当に、去年から面倒見てくれてありがとうね。あの子、嬉しそうだった」

　去年から、その言葉が身体を硬直させた。一緒に帰って来たとは何だ。去年から面倒を見ていたとは何だ。僕の携帯電話の履歴は、本当だったのか。

「面倒って……」

「大変だったでしょ？　あの子私たちの前では強がってたから、大晴くんがいてくれて本当に良かった」

眉を下げながら笑う彼女に、僕は抑えきれない衝動に駆られた。彼女は僕の前を通り過ぎて自宅に入ろうとする。そして僕に、会って行かないのと聞いた。反応した僕は急いで中に入る。人の家だというのにサンダルを脱ぎ捨て、記憶のままに二階の角部屋にある君の部屋に一直線で向かった。しかし、僕の後ろで君の父親が声を上げた。

「入っちゃ駄目だ‼」

制止の声が聞こえて、僕の肩を引っ張った君の父親を振り払い、ドアノブに手をかけた。

知らなくちゃいけない。見なくてはならない。頭痛が警報のように脳内で鳴り響く。けれど、僕は力いっぱいその扉を開けた。

開けた先には、異世界のような光景が広がっていた。君と一緒に行った鉱山で見たような鉱石が、所狭しと転がっている。真っ白なベッドに、小さな結晶が無数に転がっていた。床には氷山のような塊が落ちていて、触ったら怪我をしてしまいそうだった。その全ては透明で、公園や神社に落ちていたものと同じだった。

「……何だよこれ」

目の前の光景に目を奪われた僕に、再び割れるような痛みが頭の中に鳴り響く。思わずその場に蹲る。意識を手放してしまいそうな痛みに、遠くから君の父親の声が聞こえた。しかし、視界をアクアマリンが染めた。

第五章「さよならノーチラス」

目の前に真っ白な病室が見えた。扉を開けた僕は、透明な鉱石が転がる病室の中でベッドに座る人に微笑んだ。インクが水の中に沈み、溶けてその顔が見える。

そこにいたのは君だった。

視界からアクアマリンが消えていく。君は微笑んで、ごめんねと言いながら鉱石を手で払おうとした。慌てた僕は、近くに置かれた軍手を手にし、散らばった鉱石を拾い集める。悲しそうな顔をした君に、大丈夫だよと言って笑いかけた。

「毎日来なくてもいいよ」

病院着を着た君の手に、手袋はなかった。その手の平からは透明な鉱石が汗のように湧き出て落ちていく。柔らかだった君の手は鉱物のように固くなってしまっていた。

「好きで来てるんだよ」

床に散らばった鉱石を拾い集めた僕は、手に持っていたタオルをベッドに広げ、その上に石を置く。一つ一つ手に取って、これは綺麗だとかそんな話を始めたが、君はまだ納得がいっていない様子だった。

「フットサルでの怪我、ずっと前に治ったでしょ？　サークル行きなよ」

「ああ、それ辞めた」

「辞めた？　何で？」

「別にそこまで好きじゃなかったから良いかなと思って」

深い溜息を吐いた君をよそに、僕は鉱石を見ていた。軍手を外し、棚の上に置く。鉱物だらけの病室は太陽の光を反射して眩しかった。

「……大学は？」

「行ってるよ。欠席日数計算しながら」

「……バイトは？」

「行ってるよ。夜中にね」

再び深い溜息を吐いた君は、今何時？　と聞いてきた。壁にかかった時計は十二を指している。どうやら正午になったようだ。

「十二時。ちなみに今日は月曜日」

「……あのね、貴方学生なの。平日の昼間は授業があるでしょ。何サボってんのよ」

「大丈夫、この時間の授業は出てなくてもばれないから」

「ばれるばれないとか、そういうのじゃなくて！」

怒り始めた君を見て、僕は手を止める。腕を組んで唇を尖らせ不服を申し立てても、君は自分の方が不服だと言わんばかりの表情でしかめっ面をした。

「バイトだってそう、ここに夜までいるなら早く行って早く退勤しなさいよ！」

「夜中の方が稼げる」

「身体に悪いでしょ！」

「大丈夫だって。元気だよ俺」

「ああ、もう！　そうじゃなくて！」

怒っていたはずの君は、ゆっくりと下を向いてシーツを握り締めた。

「……私のために、時間を割かないでよ」

消え入りそうな言葉は、僕の心に小さな罪悪感を芽生えさせた。けれどこの生活を止める気にもなれなかった。

「黎夏、俺は好きでここにいるんだよ」

固くなってしまった手を握り締める。冷たくて重い、人間の手とは思えないものだった。

「だから嫌なんだって……」

「俺が来るの嫌だって言うなら来ないって言いたいんだけど、これぱっかりは止めない。俺はここにいたい。黎夏の隣にいたい」

「でも……」

小さな身体を抱きしめた。壊れてしまいそうなくらい細くなった身体は、元の柔らかさを思い出させなくさせるほど病的だった。白い肌に出来た傷が、血痕のように残っている。けれどこれは間違いなく、世界で一番美しい人の身体だ。

「大丈夫だよ」

腕の中で、身体が少しだけ動いた。

「治るよ」

「私、前に確証のない約束なんていらないって言わなかった？」

「言われた。でも俺が信じてるから何度だって言う」

強く抱きしめた身体は微かに震えていた。背中に回した僕の手が、恐怖と不安を感じさせないようにその背を撫でる。本当は僕だって、声を上げて泣いてしまいたいくらいだ。けれどそれをしないのは、泣きたいのは君の方だと分かっているからだ。ここに来るようになってから、君の涙を何度見たか分からない。堪えても瞳から零れ落ちた熱を見て、その頬に手を伸ばし続けた。君が信じないのなら、僕だけが信じてやろうと思った。神様なんていないと君は言うけれど、僕だけは神様を信じたかった。

「見て」

ポケットから取り出したのは、地元の神社のお守りだった。手の平に二つ、健康祈願と書かれた水色のお守りは、あの頃お揃いにしたお守りと色が違っていた。

「この前行ってきた」

「ここから？　わざわざ？」

「うん。東京から片道六時間はかかった」

しかも次の日テストだったから実家にもよらなかったと笑いながら話す僕に、君はどうしてと声を震わせた。僕は棚の上に置かれた二つの石を手に取る。それはアクアマリン色で、小指の第一関節にも満たない大きさだった。他の石とは違う色彩を放つそれを、特別だと言って大事に残していたのだ。

「波に触れたらどんな病だって治るんでしょ？」

有り得ない伝承だった。僕とてそんな事は理解している。けれどそんな有り得ない伝説に縋るくらい、君が大事だったのだ。こんなものに頼らなくてはならないほど現実は非情だった。失いたくない、ただ一心に願い続けている僕に、自分以外に君の未来を信じる何かが欲しかった。健康守りの紐を解（ほど）き、その中に石を入れる。そして一つを君に渡した。

「生きてくれ」

君の目から、再び涙が零れた。

「何度でもあの本の内容を教えて。何度でも付き合うから冒険をして。どこまでも付いて行くから、海の向こうまで行きたいって言って。俺は君の、したい事をして笑ってる姿が見たいよ」

お守りを握り締めて、下を向いて泣き続ける君の肩を抱いた。

「俺だけは君が生きる事を諦めないから」

着ていた服を、涙が濡らしていった。涙ながら、君は言葉を口にする。

「私は、晴がしたい事をして笑ってる姿が見たいよ」

「今してるじゃん」

「ずっと、ずっと先まで、隣で見ていたいの」

溢れ出しそうになる涙を堪えて、必死に口角を上げた。僕だけは泣いちゃ駄目だと何度も言い聞かせる。君の前では泣かないと決めたのだ。

「見ていたいのに……」

再び声を上げながら泣く君を抱きしめる。これ以上何を言っても意味がない気がした。僕の言葉は君を救わない。ただの気休めにしかならない。現に数日前、君に自分の気持ちなど分からないと言われたばかりだ。あの後酷く反省したが、それでも態度を変える事はなかった。僕が明るくいないと、未来を信じていないと、君が、君の家族が、主治医が、皆が、世界が全てを諦めても、僕だけは諦めたくない。君のいる未来を諦めたくはないのだ。

カレンダーは初夏を指していた。後どれくらい時間が残されているかも分からない。泣き止んだ君の口から出た言葉は、前向きに見えて終わりを意味するものであった。

「次の検査受けたら帰っていいって」

家に、と言葉を続けた君に、僕はどんな顔をすればいいのか分からなかった。必死に笑顔を取り繕ったが、心の中は君と同じで平静を保てなかった。だってそれは、匙(さじ)を投げられたという事だろう。退院するという事は、もう打つ手がないと言われている事と同義だった。君もそれに気付いていて、悲しそうに眉を下げて笑っている。僕は可能な限り明るい声を出した。

「いつくらいになりそう？」

「七月末かな」

「じゃあ俺も帰ろうかな。ちょうどテスト終わる頃だろうし」

明日大学に行ったら友人にテスト範囲を聞かなければならない。補講を受けなくても済むように試験をパスしてあの町に戻らなければ。僕らが生まれ育った場所へ一緒に帰らなければならない。

「……ついてこなくていいんだよ」

「俺が行きたいだけだよ」

「終わるだけなんだよ」

「終わらせないよ」

「晴がどれだけそう思ってくれても、私にはもう時間がないんだよ」

再び零れ落ちた涙に、僕は手を伸ばしてそれを拭った。泣かせてばかりだ。僕が隣にいない方が君は悲しまないのかもしれない。置いて行く悲しみを、同情を与えずに済むのかもしれない。でも僕が手を離したら、君は最後を待たずに命を絶ってしまうだろう。二度と会えなくなるだろう。

「一緒にいてくれるのは嬉しいよ。でも、もう全部が遅いんだよ」

「あの町で黎夏がしたい事ないの？」

「したい事って……」

僕は君がしたかった事を思い出せる限りで挙げていく。海の向こうに行くのは現実的に考えてもう無理だ。だからそれ以外で、僕が叶えられる範囲での案を出し続けた。君が好きだった場所、行きたかった所、見たかった景色、食べたかった物、会いたかった人、叶えられるだけ叶えたかった。

ふと、君が声を出した。

「冒険がしたいかな」

そう言いながら一冊の本を撫でる。未踏の地を進む冒険譚だ。

「あの頃みたいに、冒険がしたかった」

「叶えるよ」

「どうやって？」

「昔みたいに、色んな所に行こう。博物館、鉱山、秘密基地、神社、中学校に忍び込むのもいいかもしれない。最後は海で遊ぼう。全部、全部叶えよう」

「……範囲の狭い冒険」

「地元を馬鹿にするな。確かに何もないけど」

困ったように笑った君から、流れていた涙が止まった。安堵した僕は、今言った場所をメモしていく。そしてそれを君に渡した。

「忘れたら黎夏が教えてね」

「ここ行ってないって？」

「そう。俺より黎夏の方がしっかりしてるから」

「結局人任せ」

メモを折り畳んで棚の上に置いた君を見て、僕はその身体を眺めた。一年前に会った時よりもずっと人間離れしてしまったけれど、君は美しいままだった。

大学生になった年の初夏、入っていたフットサルのサークルで怪我をした。怪我と言っても大したものではなく、全治二週間の捻挫だったけれど、心配した周りが病院に行けとうるさかったので致し方なく一番近い総合病院に足を運んだ。東京に来てからこんなにも大きな病院に来た事が無かったので、何故か緊張したのを憶えている。そして、たかが捻挫でこんな場所に来ていいのかと思いながら帰ろうと外に出て病院を振り返って見た、その時だった。

窓の中に、見覚えのある人を見つけた。驚いて足を止めた僕の脳が、こんな所にいるはずがないと否定し続ける。しかし、その人はこちらを見て大きく目を見開いた。それだけで僕は、その人物が君であると確信した。急いで病室の位置を覚え、面会の受付もせず、捻挫をしているというのに走って病室の扉を開けた。

そして、その光景に目を奪われた。

鉱石が散らばった中で、君だけが目を見開いてこちらを見ていた。その表情は酷く傷ついた様子だった。お互いにこんな再会は望んでいなかっただろう。少なくとも僕は思った。

怪我をしなければ君に会えなかったけれど、君が病室にいるとは誰が思っただろう。誰がこんなにも弱々しい君がいると思っただろう。

最悪の再会は、僕らを再び結び付けた。来るなと君に拒絶されても面会に来ていた僕を、いつしか君は受け入れるようになった。否、諦めるしかなかったのだろう。僕はただ、君に会いたい一心だった。

離れていた時間の話をし続けた。今何をしていて、どうしていたのか。君は高校を卒業した後、友人たちから離れて一人、東京の大学に通っていた。しかし、一ヶ月もしないうちに身体がおかしくなってしまった。手汗が輝くようになったのだという。初めは反射で輝いているように見えたのかと思ったのだが、いつしか輝きは強くなり汗の代わりに鉱石のような結晶が出始めた。

それは止まる所を知らず、日常生活を困難にさせていった。汗腺から出ていた汗を結晶化していたそれは、やがて体内の血液までも結晶化させた。そして、最終的に臓器が結晶化し、機能を失って死んでしまう事を知った。死までの時間はどのくらい残されているかは分からない。しかし、決して長くはない事は見て取れた。

突然降りかかった死の運命に、君は全く関係ない事を口にした。しかし、それは僕の心を縛り付けた。

「東京に来れば、晴に会えるかなって思ったんだよね」

懐かしむように微笑んだ君を見て、僕は後悔の念に駆られた。今更君の大切さに気付くなんて馬鹿みたいだ。あれほど仲が良かったのに、別れてから一度も連絡を取らなかった。怠惰と傲慢、そして少しの恥ずかしさが僕を君から遠ざけた。君と離れてから、普通の日常を過ごし続けた。時には恋人も出来た。長続きはしなかったけれど、君の事を時折思い出しても、一言メッセージを送る事すら出来なかった。

それが招いた結末がこれなら、僕は神様と十三歳以降の自分を呪うだろう。

君は死を前に、悲しむ事すらしなかった。僕は怖くなった。君が全てを諦めてしまっている事に気付いたからだ。ようやく再会したのに、喜ぶ事すら出来なくなってしまった君は、あの頃よりもずっと弱々しかった。

僕はただ、君の笑顔が見たかった。見果てぬ土地に思いを馳せ、まだ見ぬ景色を探そうとしたあの日の君の目は、キラキラ輝いていた。どんな宝石よりもずっと美しかった。そんな君に恋をしたのだ。けれど今の君は希望すらも抱けずにいた。

もう一度、笑わせようと思った。いつか死んでしまうかもしれない。でも、それは僕も同じだ。もしかしたら君よりもずっと早く、命が尽きるかもしれない。だから大丈夫だって言おうとした。きっと治る、どこにでも行ける、だから君のやりたかった事を教えてくれと言った。僕が全部叶えてあげるから、まだ生きていて欲しかった。

　ただ、君が好きだった。

「じゃあさ」

　君の言葉に意識が戻される。再会した頃の思い出はあまりいいものだとは言えなかったから、戻してくれてよかった。

「帰ってきたら一番に声かけてよ」

「連絡するよ」

「そうじゃなくて、見つけて」

　あの町のどこかにいるからと言った君に、僕は思わず笑ってしまった。最終的に家に行けば会えるのに、見つけて欲しがるのが君らしい。

「翔陽に先に会ったら怒るよ」

「何でだよ。会わないよ、黎夏が先」

　どこにいても僕は君を見つけるだろう。たとえ憶えていなかったとしても、同じ事をするだろう。それほどまでに、君は僕の人生の中で大切で変わらぬ存在だ。けれど一つだけ変わった事と言えば、再会してからより君が好きになった事だろう。今、この想いを告げれば君を困らせるだけだと分かっていたから口にはしないが、君はもう気付いているのだろう。毎日のごとく会いに来ているというのに、気付いていなかったらそれはもう君に問題がある。

「楽しみにしてる」

もう一度、お守りの中に入れたアクアマリン色の結晶を手にした君は太陽に透かした。君がアクアマリンだって言ったから、これはアクアマリン色だと言っているけれど、僕にとっては澄んだ空の色に見える。海の色はもっと深いと思った。

「アクアマリンだよ」

まるで考えていた事が分かっているかのように、睨みながら僕を見た君に苦笑を返す。

「空の色じゃなくて？」

「アクアマリンなの」

どうしても曲げたがらない君に、相変わらず頑固だと口にする。すると君はアクアマリンの通説を話し始めた。

「アクアマリンって人生の壁や暗闇に迷った時、新たな希望の光をもたらすって言い伝えがあるんだって」

「へえ」

「どうでも良さそうだね」

「だってそれ本物のアクアマリンじゃないし」

君の身体から生み出された結晶は本物のアクアマリンではない。しかし、君は細かいと異を唱えた。これ以上何かを言えば文句を言われる未来が見えたので黙る。すると君は結晶を握り締めた。

「晴にだってあるかもしれないよ」

「何が？」

「人生の壁や暗闇に迷う時が」

僕にとっては今がそれの気がする。君が死ぬ運命を背負っている事が一番、人生の問題だ。暗闇どころの騒ぎじゃない。

「だから、いつか晴が迷った時に、この結晶が希望の光になったら素敵じゃない？」

まるで深海を照らす、一筋の光みたいに。そう言った君に、僕が潜水艦なら君が光だと思った。こんな事口には出来ないけれど、暗闇が僕を包むなら、間違いなく君の存在が僕にとっての希望の光だろう。

「だといいね」

僕は自分のお守りを鍵に付けた。解けないようにきつく結んでポケットに仕舞い込む。鍵に付けておけば、絶対に無くす事はないだろう。これがなければ家には入れないし、毎日持ち歩く物だ。なるべく身に着けておきたかった。

「見つけてね」

どこにいても、と言った君に頷けば、君は満足したように話す事を止めた。僕は忘れないように、君を目に焼き付けた。そして、君は持っていた結晶を口に含んだ。驚いた僕は君に吐き出すよう詰め寄ったが、その瞬間唇が重なった。薄く開いた唇の隙間から、結晶が口内に入ってそのまま飲み込んでしまう。視界が大きく揺れて、悲しそうに笑う君が目に入った。

「貴方は幸せになるんだよ、晴」


視界が開けていく。目の前には結晶だらけの真っ白な部屋が見えた。僕はポケットに手を入れる。金属音を鳴らしたそれを手に取れば、鍵に水色のお守りが付いていた。

手が震えた。これが現実だと思いたくなかった。忘れた事を知りたくなかった。震える指は、ゆっくりとお守りの紐を解いていく。ひっくり返した時、手の平に石が転げ落ちた。透明な結晶とは違う、澄んだ空の色だ。君が信じていた希望の光だ。海水の色だ。

「……アクアマリンだ」

零れ落ちそうになる涙を堪えた。ふと、後ろからかけられた声に振り返れば、酷く顔を歪めた君の父親が立っていた。

「知ってたんですか」

僕の言葉に、ゆっくりと頷いた彼は顔を覆った。

「どうして、教えてくれなかったんですか」

僕は再会していたはずの君を忘れていたのだ。理由は定かではない。けれど君に会って、間違いなく時間を共にしていた。僕が東京で君と出会っていたのを、彼は知っていて口にしなかった。

「……黎夏にね、言わないでくれって言われたんだ」

「何で……」

「君の未来に自分が存在出来ないからだよ」

重く、重くのしかかった言葉が、頭のてっぺんからつま先まで落ちていった。ああ、そうか。僕はようやく意味を知る。君が高校を卒業してから、友人たちと連絡を取らなかったのは遠ざけたかったからだ。僕の問いかけに地元の大学だと嘘をついたのは、忘れた記憶を思い出させたくなかったからだ。あの手袋を着け続けたのは、小さな手から透明な結晶が零れ落ちるからだ。

冒険に付き合ってくれたのは約束していたからだ。忘れても、失っても、僕はその答えに辿り着いた。君を見つけ出して、君と時間を過ごす事を選んだ。

もう遅いと何度だって言われた。時間は待ってはくれない。神様は一番叶えたい願いを叶えてはくれなかった。辿り着いた先の答えが僕と離れる事なら、それが君の愛だったという事ではないのか。

結晶を握り締めて、制止の声も聞かずに家を飛び出した。君に連絡をしながら走り続ける。出ないのは分かっていたけれど、かけずにはいられなかった。時刻は既に日付を跨(また)いでいて、君の姿はどこにも見当たらない。

けれど、見つけなくてはならなかった。約束したのだ。どこにいても、必ず見つけ出すと約束した。思い出の地を片っ端から巡っていく。痛くなる肋骨を押さえ、神社の階段を早足で駆け上がっていく。境内を見渡して、君がいない事を確認したらすぐに降りていく。博物館のベンチに、座っている背中がないか確認した。秘密基地で、目を腫らしていないか、公園でブランコに乗って本を読んでいないか、鉱山に入るフェンスの前で、空けてしまった穴を眺めてはいないか、中学校の門の前で佇(たたず)んではいないか、バス停で一人待ち続けていないか、全てを確認した。しかし、どこにも君の姿はなかった。

「……どこだよ！」

捜し出せない自分が情けなくて仕方なかった。君を捜して町を駆け巡ってから、すでに三時間以上が経過していた。後二時間程度で夜明けが来てしまう。僕はそれが酷く怖かった。明けない夜はないと君は言ったけれど、この夜だけは明けないで欲しかった。言いようのない不安がこの胸を支配しているのだ。夜が明けてしまえば、君が僕の前からいなくなってしまうかもしれない。漠然とした確証のない不安だ。けれど、どうしてもその不安が現実になってしまいそうで怖かった。

夜が明ける前に見つけられなければ、君は人魚姫のように泡になって消えてしまうのではないだろうか。僕に何も言わせないまま、勝手に一人で沈んでしまうのではないだろうか。そんな気持ちにさせられるのは、全部、君の身に起きた異変を思い出してしまったからだ。その身体が泡のように軽くなるのではなく、鉛のように重くなってしまうからだ。今君がどこかで足を滑らせて海に落ちてしまったとしたら、浮上する事なんて出来やしない。だから中学校に忍び込んだ時、あれほど好きだったプールに飛び込まなかったのだ。

怖い。君が僕の目の前から何も言わずに消えてしまいそうで、怖くて仕方ない。夜が明けたら、一つの痕跡も残さずいなくなってしまいそうだった。だから僕は、この夜が明ける前に君を見つけなくてはならない。全てが手遅れになる前に、その手を取らなければならないのだ。

堤防に上り辺りを見渡してもその姿はなく、必死に君の事を思い出した。君の思考を読み取って、君がしそうな事を考え続ける。まだ行っていない場所を記憶の中で検索をかけ続けたが、あの頃冒険した場所は全て巡り切っていた。

汗が流れ落ちて唇を伝った。ひんやりとした感触に、僕はたった一つ行っていない場所を思い出した。その瞬間、弾かれたように身体が動いた。履いていたサンダルが壊れそうな悲鳴を上げる。短く切った爪が指に食い込んで痛い。それでも、晩夏の風は僕の背を押した。街灯のない町で、星明かりだけを頼りに走り出す。向かうは一緒に沈んだ場所だった。

真っ白なワンピースが、堤防の先で揺れていた。一歩踏み出せば海に落ちるその場所に、君は一人で立っていた。穏やかな波音が耳に反響し、荒波のように激しかった僕の心が少しずつ落ち着いていくのが分かった。上がる息を整えて、咳(せ)き込みそうになる衝動を抑える。何度も深く息を吐いて、焦燥感を胸に抱きながらも、一歩ずつその背中に近づいた。

「黎夏」

名前を呼んだ。振り返った君は酷く傷ついた顔をしていた。それを見て、その表情をしたいのは自分もだと文句を言ってやりたかったが、喉奥から声になり出てくる事はなかった。その身体が、今にでも後ろに傾いて身を投げてしまいそうだったからだ。握り締めていた結晶を投げる。君はそれをキャッチした。そして大きく目を見開いた。

「全部思い出した」

結晶に意識をとられていた君の手袋を引っ張り外す。宙に、透明な結晶が舞った。パラパラと音を立て海に落ちていく様子は、不謹慎にも美しいと思ってしまった。この世の全ての絶望を体現したかのような表情でこちらを見た君に、僕は表情を変えず話を続けた。ここで顔を歪めれば、何一つ教えて貰えないと思った。

「これは何だったんだ?」

君の手の平の中にあるアクアマリン色の結晶を指差す。飲まされた後から視界が揺らめいて記憶が途切れている。僕は自分の記憶が無くなった原因が、その結晶だと踏んでいた。君は結晶を握り締めた。大きく息を吐いて、そっかと呟く。

「思い出しちゃったんだ」

記憶とは曖昧なものだと思う。思い出は脳内で美化されるから、実際に見ていたものよりもずっと脚色され美しくなる。だからこそ、人は思い出に縋る。過去に縋って、未来を歩けなくなる。

「海馬って分かる？」

「分かるよ。人間の脳内にある短期記憶を司る場所だ」

海馬は人間の脳にある、短期記憶や空間学習能力を司る器官だ。アルツハイマー病など、記憶に問題が生じる病は海馬に影響が出てしまった故に起こるものである。強い心的ストレスを長期間受け続けると海馬の中にある神経細胞が破壊され、委縮してしまう。うつ病や心的外傷後ストレス障害などの患者は、海馬が委縮している事が確認されている。それほど人の脳に重要な器官だ。

「それじゃあ、大脳皮質は？」

僕は首を横に振った。君は言葉を続ける。

「海馬が新しい記憶を司るなら大脳皮質はその逆で、古い記憶を司るの」

そして大きく息を吸った。

「その神経細胞が結晶化した物なんだって」

僅かに上がった口角は、全てを諦めた悲しみからだった。

「私ね、脳まで結晶化が進んでたみたいで。高校生の時の事とか、病気になる前の事とか全然思い出せないの。全部、細胞が結晶化して役割を終えちゃったみたいで」

僕の手から、君の手袋が落ちていった。

「何十回も何百回も読んだ本の内容が思い出せなくなって、必死に読み続けた」

ボロボロになった小説が印象的だった。今にも破れてしまいそうなくらい読み込まれたそれは、君が縋る最後の希望だった。

「でも、晴の事だけは忘れなかった」

君の髪が潮風に攫われ宙を舞っている。僕は七年前を思い出した。

「子供の頃、一緒に冒険した場所も。何気ない日常も、十三歳の夏、ここで一緒に沈んだ事も、バス停で晴を見送ったのも全部憶えてる」

白い肌がキラキラ輝いている。光で輝いているわけではない。君の身体が結晶化していくから輝いていたのだ。汗腺から、結晶が滲み出ていた。

「この結晶ね、誰かの体内に入ったらその人の記憶を奪うんだって」

告げられた事実に立ち尽くした。君の身体から生まれた美しい物が、誰かを傷つける物に変わってしまうとは思いたくなかったのだ。

「って言っても一時的だったみたい」

折角連絡先まで消したのにと言いながら微笑む君の前で、僕は顔を歪めた。眉間に皺を寄せ、顔を強張らせる事しかこの感情を表す術はなかった。苛立ちも、悲しみも、嘆きも、愛おしさも、全てが入り混じってどんな顔をすればいいのか分からなかった。何を一番に優先すればいいのか分からない。

「……何で奪ったの？」

僕にとって、君との時間はかけがえのないものだった。決して、明るい思い出だとは言えないだろう。それでも、君がいるだけで記憶は鮮やかに脚色される。

君の頬に、何かが零れた。目尻から零れ落ちるはずの熱は、もう結晶になってしまっていた。涙を流す度、酷い痛みを伴うのは見て分かった。けれど、君の頬に零れ落ちていく結晶は止まる所を知らない。海に落ちて、パラパラと音を鳴らし沈んでいく。その涙でさえも、アクアマリン色に染まってしまっていた。

君の記憶が抜け落ちていく。止まる所を知らない涙が結晶となって、僕の事を忘れさせようとする。拭おうと手を伸ばすも、君は首を横に振って拒絶した。そして、何度聞いたか分からないあの言葉を口にした。

「もう遅いよ」

全てが遅い。思い出した事も、この愛を伝えるために残された時間も、君の命も、もう全てが手遅れだ。涙すら結晶になってしまったのは、もう死期がすぐそこに迫っている証拠だった。記憶の全てが抜け落ちて、体内全てが結晶化し、石のように重くなって死んでいく。この夜を明ける事すら出来ない。

　「ずっと晴が好きだったよ」

　忘れまいと、君は必死にワンピースの裾を握り締めた。零れ落ちる涙を必死に止めようとしている。僕は、何も出来なかった。

　「前も話したけどさ、東京に出たら晴に会えるかもしれないって思ったの。あんなにも広い街でたった一人を見つけるなんて、無謀にも程があるのに、もしかしたらどこかにいるかもしれないってずっと思ってた」

　もう全てが遅いのだ。僕がその涙を拭う時間すら残されていない。君の記憶に後どのくらい僕がいられるのだろうか。このまま全てを伝えられてしまったなら、君はもういなくなってしまうのではないか。

　「でも病気にかかって、ああ人生こんなものかって思ったの」

　お願いだからもう黙って欲しい。僕にさよならを告げないで欲しい。置いて行かないで欲しい。忘れたら何度だって教えるから、この夏に、永遠に生き続けてくれ。

「大人になって、冒険なんて出来やしないんだって知った。見た事もない景色を、見る時間すら残されていない。晴を捜す時間すら残されていない。私はこのままどこかに沈んでしまおうかって思ってた時、晴と再会した」

四角い窓の中で、こちらを見下ろして目を見開いていた君を思い出した。

「成長した晴は格好良くなったけど中身は変わらなくて。私の前ではずっと明るく笑ってた。私の未来を信じて疑わなかった」

嘘だ。僕は君との未来を信じていたけど、疑っていたんだ。本当は君が終わる事を理解していたんだ。信じたくなかっただけなんだ。

「だから、幸せになって欲しかった」

僕を真っ直ぐ見た君は、曇りのない瞳で愛する人の幸せを祈り続けていた。

「全てを忘れて、幸せになって欲しかったんだよ」

君が握り締めていた結晶を口に含み、僕のシャツを摑んで唇を合わせようとした。

その仕草は、記憶を失う前に見た最後の光景と同じだった。ゆっくりと目を閉じ、前歯で結晶を挟み、唇の先に出したそれを見て、僕は君の頰を摑んだ。そして、君が口づけようとしたタイミングで、その結晶を指で無理矢理抜き取った。歯がカチンとなって、僕の親指と人差し指の間に結晶が渡って来る。

「何して……」

腕を思いっきり振り被って、眼前の海に結晶を投げ捨てる。水音を立て落ちていった結晶は、深い藍色に溶けて見えなくなってしまった。

「何で、何してるの」

信じられないと言葉を続けた君の腕を摑んだ。夏だというのに冷たい腕は酷く無機質な気がした。けれど、僕はその手を離さなかった。

伝えられない事ばかりだった。昔からずっと、再会しても、この夏に会えても、僕は何一つ君に伝えられていない。僕にとって君がどんな存在であるか、この記憶がどれだけ必要な物であったか、何も言えていないのだ。

「一緒に沈みたかったよ」

十三歳の夏を思い出した。このまま二人で一緒に沈んで、誰もいない場所まで逃げてしまいたかった。あの口づけが全てを伝えてくれると思った。けれど、何も伝えられなかったから今の僕たちがここで息をして嘆いているのだ。

「でも、それじゃあ駄目だと思った」

一緒に沈んだらきっと楽だっただろう。何もかも捨てられたら、幸せになれたのかもしれない。もしかしたら、君の事を忘れたまま生きていた方が、僕にとっては良かったのかもしれない。けれど、そんな人生は選びたくない。

「過去も、あの夏も、東京での時間も、今も。俺にとっては全部幸せだった」

君に手を引かれて走り回った時間も、別れを体現した全てだった口づけも、輝いていた病室も、この夏も、全部幸せだったのだ。悲しみが付きまとおうとも、君と一緒に生きてきた時間が、僕の人生の中で一番幸せな時間だった。

「全部抱きしめて生きていたい。もう一度、記憶を奪われたとしても、愛する気持ちだけは消えるもんか」

僕の頬に熱が伝った。君の目尻から大きな結晶が落ちていく。掴んだ腕を引っ張って抱き締めようとした。しかし、君の両足が音もなく崩れていく。バランスを崩した君を助けようと手を伸ばしたが、その身体は堤防から海へと沈もうとしていた。その手を掴んで引き上げようとするも、もう結晶化して重量を増してしまった君を持ち上げる事も出来ず、スローモーションのように海へと落ちた。

咄嗟に目を瞑った僕は、聞こえる水音に反応して目を開ける。藍色の水の中、視界の先に黒髪が揺らめいている。僕の口から零れた息が、服の端から出ていく空気が、気泡となって浮上していく。握った手の先に君がいた。口から二酸化炭素が零れていく。しかし、その身体はどんどん沈んでいった。君が微笑んで、僕の手を離そうとする。

駄目だ。僕は離れようとする指を必死に摑んだ。すると君は、あの日と同じように唇を合わせた。三度目のキスだった。けれど、この口づけは今度こそ本当の別れを意味していた。僕の頭上が明るくなっていく。空が白んで、夜が明けようとしていた。

沈ませてと、君の唇が音もなく動いた。僕は必死にそれを拒絶する。そんなのは駄目だ。このまま君を離すものか。沈みゆく身体を支えて、足を動かし泳ぎ始める。

浮上しろ。君は沈んではならない。深海に落ちて、誰にも見つからないまま終わりを選ぶなんて、僕が許さない。光さえ差し込まない場所で、一人になどさせるものか。

言い出せなかった想いが、この胸にまだ残っている。叶えたかった願いはまだ、僕の手で叶えていない。海の向こうまで連れて行きたいのだ。見た事のない景色を見てその瞳を輝かせて欲しいのだ。

必死に泳いで、何とか海底に足がつく。僕は君を抱き上げて、ゆっくりと一歩ずつ陸へ上がる。海面から顔を出して酸素を思いっきり吸った時、腕の中にいた君が呟き込んだ。その口からも、結晶が零れ落ちた。

ああ、もう時間がない。まだ足りない。この期に及んでも僕はまだ、君と一緒に生きる未来が欲しいと願っていた。叶いもしない願いだというのに、願っていないと心が折れてしまいそうだった。僕の腕の中で君は力なく目を伏せていた。落ちないように僕のシャツにしがみつく事すら出来ない。その瞳が、もう一度開く事すら難しそうだった。小さな呼吸音は、まだここに君がいる証(あかし)だ。

　大きな水音を立て、陸に向かう。波間をぬって歩こうとすれば、僕の背に光が差し込んだ。空が白んで、海面が反射し始める。砂浜に僕たちの影が出来て小さく揺れた。僕は必死に足を動かして海から出ようとするが、腕の中にいる君が重たくて動きが鈍る。

　夜明けを見せたかった。明けない夜はないんだって君が言ったから、君は朝陽を見るべきだ。明け方の夏を冠する名を持つ君は、この夜が明ける瞬間を見るべきだ。

　ようやく水が太ももくらいの位置までやってきた。その時、僕の腕の中にいる君の瞳が開かれた。そして、一言文句を言ってきた。

「眩しい」

　その言葉に思わず苦笑してしまった。君の口角は僅かに上がっていて、僕は少しだけ安堵する。しかし、時間がない事には変わりない。

「重たくないの？」

「こんな事言ったら怒られるかもしれないけど、すっごい重い」

腕の中の君の重量は間違いなく成人男性の僕よりも重たかった。柔らかさの欠片もない、大きな岩を持っている気分だ。

「でも離さない」

それでも、君は君なのだ。

「……馬鹿だね」

鼻で笑った君に、僕は足を進めていく。浅瀬に差し掛かったその時、君が僕のシャツを力いっぱい握った。驚いた僕は君を見る。その瞳はキラキラ輝いていた。

「大好きだよ」

真っ直ぐ、昔から変わらない瞳が僕を射貫いた。揺らめく事も、曇る事もない、意志の強い凜とした瞳が好きだった。

「知ってるよ」

あえて好きだと言わなかったのは、言う事によって君が満足してしまうと思ったからだ。

「愛してる」

「俺の台詞だよ、それ」

こんな状況でも、与えられた愛に嬉しくなって苦笑し心臓が速まる。本当はずっと、向けられた愛情に気付いていた。それでも悩み続けたのは、言葉や形にならなかったからだ。

もうこの辺で良いだろう。さすがの僕も、この重さの君を連れて海から上がるので精一杯だった。水は色を変え反射を繰り返す。足首までの深さに辿り着いた時、君をもう一度抱え直し、気合を入れて振り返ろうとした瞬間だった。

「ねぇ」

君の声が、僕の足を止めた。身体の向きをゆっくり変えていく。君の頬に、オレンジ色の朝陽が差し込んで光り輝いた。

「ん？」

反射のせいで君がよく見えない。眩しくて細めた視界の先、君が微笑んでいた。その笑顔が美しくて、脳裏に焼き付いて離れなくなった。

「忘れないで」

水平線から昇る朝陽と向き合った時、君の瞼が閉じられた。シャツを掴んでいた腕はだらしなく宙に投げ出され、薄く開いた唇は動く事を知らず、朝焼けのせいで煌めいている肌は色味を失っていた。その目尻から、手の平から、結晶が落ちる事はもうなかった。

足の力が抜けた。浅瀬に膝をつき、痛いくらい目に染みる朝焼けを忘れないよう脳裏に焼き付ける。水平線から少しずつ昇った太陽は、鮮やかな色彩を放ち海面を輝かせた。星は輝きを失い、紺碧だった空は白んで薄い水色に変わっていく。煙のように薄い雲がオレンジ色に色を変え、濡れた服に冷たい風が吹きつける。夏が終わる瞬間だった。

腕の中で息絶えた君を強く抱きしめる。冷たい体温、固くなってしまった身体、開かない瞼が僕の心臓を抉って現実を教えた。むせかえるような嗚咽が喉奥から出てきて、呼吸を困難にさせる。髪から零れ落ちる水滴に混じり、頬を伝う熱が君の頬に落ちて濡らしていく。完全に明けた夜を見て、僕は君に最後の言葉を呟いた。

「忘れないに決まってんだろ」

腕の中の君が、微笑んだ気がした。

沈みたいと思ったのは、沈む事でこの瞬間が永遠になると思ったからだ。十三歳ながらそんな破滅思考を持った僕は、それを実行に移さなかった。結局、そんな事を思っていても、実行など出来はしなかったのだ。現実は僕らの想像よりもずっと残酷で、時間は待ってくれない事を知った。あの夏が永遠になればいいと願っても、僕は年老いてゆく。君だけが二十歳の姿のまま、あの夏で立ち止まっている。

それでも、浮上しろと頭が叫んだのは、僕が生きて行かなければならないと思ったからだ。ノーチラス号を脱出した主人公たちのように、沈んで終わらせたい衝動にさよならをしなくてはいけなかった。君が生きていた証拠を僕が残さなければならないと思った。さよならをしないと、それは出来ないと学んだ。死んだ人間が本当に死んでしまうのは、記憶から消える時だとあの瞬間に知った。誰からも思い出されなければ、その存在はなかったも同然だ。

脳が思い出を脚色し美化しても、あの日の君が美しかった事だけは紛れもない真実だった。いや、あの日だけではない。君はずっと、僕の目に輝いて映り続けた。

子供だった僕たちが見つけたのは、紅海のサンゴ礁でも、ビーゴ湾での戦いの残骸でも、とてつもない価値を持つ真珠でも、失われた大陸でも何でもない。浅瀬に落ちていたシーグラスや深い所に捨てられたゴミ、道端に落ちていた綺麗な石、林の中に出来た小さな空間だ。
それでも足を止めなかったのは、隣に君がいたからだった。君がいればどんな景色も輝いて見えた。どんな場所でも美しく思えて、見慣れた物も新鮮に感じられた。今思えば、君は当たり前の日常を非日常に変える天才だった。少なくとも僕はそう思う。

沈まなかった僕は、まだここで酸素を吸って息をしている。

博物館にある潜水艦の絵を眺めていた。暗闇の中で一筋の光だけを頼りに進む絵を、君は気に入ってよく見ていた。僕はこの絵が好きでも何でもなかったが、君のせいで印象に残り続けている。きっとこの先、どれだけの時が過ぎようとも、君のせいでこの絵は僕の脳内から消える事はない。一筋の光を求めて進み続ける絵は、ある意味人生を代弁している気がした。人は必ずしも明るい道を歩き続けるわけではない。時には先の見えない暗闇の中をさまよい続け、その中で死に至る人もいるだろう。それでも、光を求めて歩き続け、いつか浮上して幸せになる。そうやって現実を知って、自分自身の力で歩き続ける。未来を生きる事が出来るのは、今を生きる人間の特権だと君は言っていた。今の僕は、その言葉の理由を理解している。そして、これからも胸に抱き続けるだろう。

　博物館を後にして、気ままに散歩を続ける。海沿いを歩いて堤防に上りバランスを取っても、怒ってくれる人はどこにもいない。このまま落ちたら自己責任だと言われるだけだ。僕はもう大人になってしまった。

　手にはボロボロの小説がある。よれて汚くなったそれを、破れないように持ち続けた。君が遺した本は、君の死後、僕の手元にやって来た。君の父親が、持っていて欲しいと願ったからだ。僕としても君の痕跡が欲しかったから、その申し出をありがたく受け取った。

　君が好きだった本を読んだ。あれほどどうでもいいと言っていたくせに、読み始めたらはまってしまったのは君に言えない話だ。もし知られたら、馬鹿にされるに違いない。あれだけ内容を説明されても忘れていたくせに、今更何はまってるんだとか言ってきそうだ。何なら作者の他の作品を薦めてきそうだ。読む事を強要してきそうでならない。

　全て、君が隣にいればの話だが。

　潜水艦に乗って冒険する物語は、大人になった僕の心にいる小さな少年を呼び起こした。結局、主人公たちは潜水艦から逃げ出すけれど、船長は再び深い海の底に復讐心と共に沈んでいく。まるで、君を失って希望を見出せなかった僕が選びそうな末路だった。結果として僕は沈む選択をしなかったから、船長のようにはならないけれど、それでも深い心の傷を負ったまま暗闇の中をさまよい続けるのは辛いだろう。希望は簡単に手に入るものではないけれど、それでも見出していくものだと僕は思う。君のいない世界で生きるために見出した希望は、僕の背を押してくれた。

時刻は午後一時、砂浜にて足を止めた。空は明るいけれど、潮風は冷たかった。雲は秋のものに変わっている。波は穏やかで僕の靴を濡らしていく。秋は始まったばかりだった。

君が亡くなってから、すでに一年の歳月が過ぎていた。二十歳だった僕は、二十一歳になっていた。友人の支えもあって無事に進級出来、大学三年生になった。夏休みはバイトに明け暮れて、周りが就職活動を始めても、僕だけは黙々とお金を貯め続けた。そして、秋学期からの休学届けを出した。

やりたい事なんて何もないと思っていた。君が好きだった小説に嫉妬して、僕がその本を書いてやると思った日もあった。くだらない感情が僕の胸をうごめいていた。けれど君が死んでからやりたい事が見つかるなんて笑える話だ。本当は隣に君がいて欲しかった。

「実はさ、秋学期から休学届けを出して旅でもしようかと思ってるんだよね」

目の前には誰にもいない。けれど、僕には確かに見えている。きっと君がそこで聞いている。大学をサボるなんて、と頭を抱えて嘆く姿が容易に想像出来た。

「何になりたいとかはまだないんだ」

この旅で見つかるかもしれない。見つからず再び暗闇の中を歩く事になっても、僕はもう迷わない。希望の光は、僕を照らし続ける。

「でもそう遠くない未来に見つかるような気がしてる」

確証なんてないけれど、と言葉を続ければ、君が確証のない約束なんていらないと言った事を思い出した。けれど僕はそれでいいと思っている。未来が確実に決まっている保証なんてどこにもない。もし決まっているのだとしたら、僕ら人間は歩く事を止めて過ぎる時間にただ身を任せるだけの怠惰な生き物になるだろう。

ふと、足元に何かが流れ着いた。それはあの日、海に投げた結晶だった。驚いた僕はそれを拾って空に透かす。アクアマリンだと言い張って止まなかった君に反論しよう。これは海の色じゃなくて空の色だ。この色はきっと、これからずっと君の色だ。

「忘れる事が正しいとは思わないんだ」

忘れる事が誰かにとっては救いになるかもしれない。心に負った大きな傷、忘れ去りたい過去、恥ずかしい記憶、色々あるだろう。でも、消えてしまった方がいい記憶だとは考えられなかった。選んだ道全てが僕なのだから。経験した記憶、全てが今の僕を作っているから。忘れる事が正しいなんて、誰にも言えないだろう。少なくとも僕は、君との記憶を忘れる気はない。

この結晶を飲み込む予定など、一生涯来ないだろう。しかし、このままここに放置して誰かが拾って万が一にでも飲み込んだら、大問題になるかもしれないと思った僕は、その結晶を鍵に付けたお守りの中に仕舞った。

「でも大変だったんだ。まず両親の許可を得る所から」

苦笑しながら話を続ける。思い出しても嫌になる話だ。休学をして旅に出る、資金は既に稼いだと話した時の両親の顔と言ったら、忘れる事が出来ないような表情をしていた。形容しがたい、理解出来ない物を見る目で見られたのを憶えている。安定した企業に入って、安定した人生を送って欲しいと親は願っていた。僕が両親の立場だったら、同じ事を考えるだろう。先の見えない、無計画な事は止めろと言われた。それでも納得してもらえるまで説得し続けた。何も言わずに勝手に決める事はしたくなかった。君が何も言わず、僕の記憶を奪った事がトラウマになっているからだろう。

まだ怒ってるよと言えば、仕方なかったと返ってきそうだ。困ったように眉を下げて笑いながら、そうするしかなかったと口にしそうだった。

「まずは海外でも行ってみようかなって。それこそ、ヴェルヌの出身地であるフランスとかね」

君の大好きな本の作者はフランス出身だから、まずはフランスの港町でも行こうと思う。彼がどんな景色を見て、何を思ってあの話を書いたのか、君も僕も知らないまだから知りたかった。この世界にはまだ、知らない事が沢山ある。僕らは何かを発見するような人間にはなれないけど、知らない事はそこら中に転がっている事に気付いた。知ったふりをして、どうでもいいと投げ捨てていただけだった。

僕は自分が知らない世界を知りたい。見た事のない景色を見て、触れた事のない知識を学び、この脳を満タンにして死にたい。世界の全てを知りたいと言えば傲慢かもしれないけれど、探求し続けたいのだ。人生は意味を探す旅路だと思っているから、これから目にする見知らぬ世界をこの脳に全て詰め込んで意味を見つけたい。

そして、君に会いたい。

もしかしたら僕は、見果てぬ土地で、君に会えるかもしれないと思っているのだ。

君は死んだから、この世界にはもういない。けれど、今から僕が行く場所の全てに、君が目を輝かせながら立っている気がしてならないのだ。いつかの夢で君が僕を見たように、見知らぬ土地で待っている気がしてならない。

けれど、もうこの世界に君がいないのは充分理解している。携帯電話の連絡先から、藍原黎夏の名前は消えた。憶えている電話番号にかけても、繋がる事はない。君の部屋は結晶が消え去って綺麗に片づけられていた。代わりに仏壇が置かれて、真ん中に飾られた写真の中で君が笑っていた。昨日線香をあげに行ったけれど、僕にはどうしても君がそこにいる気がしなかった。線香の煙なんて、と文句を言ってどこか遠くに行っているに違いない。同じ線香でも、線香花火がいいと小言を漏らしていそうだ。だから、帰り道にコンビニで花火セットを買い、実家の縁側で一人線香花火をしたのだけれど、君は見てくれただろうか。笑ってくれただろうか。

「沈んでないでしょ？」

笑いながら問いかけた。君の遺体は焼かれて灰になり、空に消えていった。結晶化された身体は火に弱かったらしい。熱した瞬間に、割れて屑（ちり）になってしまったと君の父親が話していたが、僕としてはそんなグロテスクな話は聞きたくなかった。その話を聞いた時、結構な衝撃を受けたのは言うまでもないだろう。その屑は、どこに行ったか分からない。君の父親も、詳しく話をしなかった。けれど、僕は君が沈んではいないと思っている。だって君は破滅思考の持ち主ではないのだ。沈みたかったのは誰からも見つからない所で命を終わらせたかっただけだ。潜水艦の冒険譚にやられて、深海を進みたかっただけだ。本当はずっと、陽の光の中を歩きたかっただけだと僕だけは分かっている。

だから多分、これから僕が行く場所に先回りをして待っているのだと勝手に決めつける。また遅いよと言って欲しい。笑って欲しい。いつかの夢で君が見た立場と反対に、僕が遅くなってごめんと言いたい。

いつか、君と過ごした日々が遠い過去になるのだろうか。君が死んで、あれだけ悲しんで涙を流したのにもかかわらず、こんなにも早く一年が過ぎ去ってしまった。きっと歳を重ねる度に、時間が速く進んでいると思うのだろう。体感速度はどんどん速くなっていく。君を置いて先を歩き続ける。けれど、心に君が生き続ける限り、僕らはきっとずっと一緒に生きていける。そう思うようにしているのは、ただの強がりからなのかもしれない。僕は傲慢で自分勝手だから、君がこの胸にまだ生きていて、この先で僕を待っていると信じ続ける。君が聞けば自分勝手だと笑いそうだが、きっと嫌な表情はしないだろう。

水平線は光り輝いている。真昼の空には白い月が薄っすらと見えた。昼間の星は輝きを失い、見えそうにもない。涼し気な風が頰を掠めた。夜明けはまだ遠い。

「明けない夜はないって、君が教えてくれたから」

明けない夜はないんだと、君が教えてくれた。暗闇の中を歩き続けても、いつか必ず光が差し込んで夜が明けるのだ。時間は無情だから、明けないで欲しいと願っても、夜は明けてしまう。君が死んでから夜が怖くなった。夜になる度君を思い出して、悲しくて涙を流した。一人暮らしの部屋の中、ベッドに腰かけて、何度流れる涙でいっぱいになった夜を過ごしたか分からない。けれど、泣き続けても夜は必ず明けた。僕の瞳に太陽は光り輝き、優しく包み込んだ。夜が怖いくせに明けないでくれと願ったのは、君を置いて先に行きたくなかったからだ。でも、今はそうは思わない。

「生きるよ」

ボロボロの本を強く握り締めた。これは証明だ。ここから先、生きていく中で辛い事も悲しい事もあるだろう。大切な人が目の前からいなくなって、嘆き悲しむ夜が来るかもしれない。僕が普通に生きていれば、僕より先に両親は死んでしまうだろうし、それより早く祖父が死んでしまうだろう。けれど、僕だっていつ死ぬか分からない。明日、朝目覚めたら身体が動かなくなって息が止まるかもしれない。今日の帰り道、交通事故にあって酸素が吸えなくなるかもしれない。足が攣って、溺れるかもしれない。先の事なんて誰にも分からないままでいい。

歳月は人を変えていく。町並みも、色彩も全て変わる。戻りたいと願っても、同じ時間には戻れない。それに嘆いて縋りついても、自分だって変わっていく。

それでも、僕は前に進もう。

「全部抱えて生きる」

人生全部で、君の存在を肯定したい。君が生きていた証拠を残そう。君がくれた愛を、この胸に抱き続けよう。精一杯生きて、理想を抱いていた事を忘れずにいよう。遠くの地に思いを馳せて、曇りのない瞳を輝かせていた事を、僕が忘れずにいれば君は生き続ける。

いつか来世があるのなら、僕は待ち人を待とう。未来を夢見た人を、もう一度見つけ出そう。けれど、それまでに僕がこの世界を旅しなければならない。僕が世界中を見て、色んな事を知って、たくさんの思い出とどんどん大きくなる愛を君に届けないと、いつかの来世で君は僕の許に来てくれないような気がした。

君の事ばかり想い続けている。他の誰かの事を愛する日が来るのかもしれない。けれど今はまだ、そんな風には思えない。君以外の誰かを愛する日が来てしまったとしても、僕の心の中に、世界で一番愛した君の姿が残り続けるのだろう。白いワンピースをなびかせて、生温い風に揺れる黒い髪を押さえながら、堤防の上に立って笑っているのだろう。

僕に残された時間が後どのくらいあるのかは分からない。けれど、出来る事なら君の分まで生きたいと思った。皺だらけになって、足が動かなくなるまで生きていたい。出来れば、足が動かなくなる前日まで旅をしたいなと思った。

君が聞けば、きっと馬鹿だと言うだろう。でもそれでいい。きっとこの先、何が起きても変わらない事が一つだけある。変えられない概念が一つだけある。それは君が僕の希望であり続ける事だ。光であり続ける事だ。

全てを忘れても、忘れられない想いがある。僕が君との再会を忘れても同じ事をして同じ想いを抱いたように、僕たちはきっと、どれだけ忘れても想いだけは変わらないのだ。きっと何十回、何百回だって同じ人に恋をするだろう。

ボロボロになった本を両手で持ち、表紙に口づけをした。目を閉じれば、あの夏で君が笑っている。僕は口角を上げた。眉を下げて、込み上げてくる愛おしさに目の奥が熱くなった。速まる鼓動に大きく息を吐いて瞼を開ける。水平線は光り輝いていて、世界は美しかった。

「これで四度目のキスだ」

これは、僕が一筋の光に導かれて、歩き続ける物語だ。

エピローグ

ノーチラス号の話をしよう。有名な作品に描かれた、一つの潜水艦のお話だ。十九世紀半ば頃に発表されたその小説は、ＳＦ冒険小説として多くの人に愛された。非現実的な深海の世界で謎の船長と旅をするその小説は、今も尚多くの人に愛されている。古典文学を好きな人間であれば、一度は耳にした事があるような名作だ。自分は、友人から聞いて初めて読んだが、中々に面白い作品だった。凄いのは、今から百年以上も昔に作られた作品が、今を生きる人間にまで愛されるといった所だろう。友人の愛した人は、この小説を愛してやまなかったらしい。

大人になるために選んだ未来は、妥協と諦めの連続だった。現実は理不尽な事ばかりで世界は自分たちが思っていたよりもずっと冷たかった。学生時代、肩を組んで馬鹿をした日々が懐かしい。皆別の道を歩んだが、今でもまだ友人である事には変わりない。

妥協しながら、それでも自分の望みだけは叶えたくて多くの人に迷惑をかけた。両親が望んでいた道には進まなかったのは申し訳なく思う。それでも、今シャッターを切って誰かの幸せを写す時間は最高に楽しい。これだけは諦めなくて良かったと思う。それもこれも、きっと、大晴のおかげだろう。

十年以上経った今も、忘れる事が出来ないのだ。二十歳の夏が終わり、大学生活が再開した初日に会った彼は、酷く憔悴（しょうすい）していた。あまりに憔悴していたので自分は笑いながら飲みに行こうと誘ったが彼は首を縦に振らなかった。大方、話していた幼馴染にでも振られたのだろうと思ったのだ。酷い振られ方だったのかもしれないと、勝手な事を思っていた。しかし、現実は非情だった。

結局、コンビニで買った酒と沢山のつまみを用意し、彼の家に押しかけた。藤川も紗那も行きたがっていたけれど、異性がいない方がいいだろうと思って一人で行った。その判断は間違いでなかった。

幼馴染が死んだのだと、缶のプルタブを開けた瞬間にポロリと呟かれた一言に手が止まった。炭酸の弾ける音が、開けられた窓から聞こえた街の喧騒が、酷く遠い物に思えた。あの夏にあった出来事を、ポツリ、ポツリと話す友人を見て、自分は言葉を失った。

自分にとって死はずっと遠い場所にあった。大切な人が死ぬ未来なんて考えられなかったし、離れて暮らしている両親もすぐには死なないだろうと勝手に思っていた。だから実家に帰省する事もせず、毎日遊びながら大学生活を満喫していた。それが、自分たちにとって普通だと思っていたのだ。

しかし、普通とはいとも容易く終わりを告げると、この瞬間に気付いた。大切な人の死を経験した友人は、涙も枯れてしまったらしく、ただ思い出を握り締めるだけだった。しかし、友人の想い人はそんな彼に、一筋の希望を与えた。それは悲しみに暮れた彼にとって、唯一の生きる意味で、この先の彼を生かす呪いのようにも思えた。

『世界を見に行きたいんだ』

ようやく飲み物を口にした彼はそう言った。

『何がしたいか分からない。でも、世界を見に行きたい。黎夏が見たかった世界を見たい』

その瞳には一筋の光が宿っていて、これが希望だと誰かが言っていた事を思い出した。悲しみに暮れても、虚しさを抱いても、それでも尚、前に進もうとする彼に、自分は心を動かされた。

やりたい事を一番に選ばなくとも、人生は進んでいく。リスクのある道より、安定した道を選ぶのが人間の習性だ。例に則り、自分もその道を歩もうとしていた。挑戦する時間はいくらでも残されていたのに、初めから勝手に諦めて誰かが望んだ道を歩こうとした。

だから、こう言ったのだ。

『じゃあ俺もやりたい事やるから、大晴もやりたい事やれよ』

この言葉が彼を救ったかどうかは分からない。けれど未だに会う度に感謝される所を見ると、少しは友人の背を押せたようだ。押されたのは自分も同じだったのだが。

それ以来、大晴は変わった。遊ぶ時間なんてないほど勉強をし、バイトに明け暮れて必死にお金を稼いでいた。卒業に必要な単位をほとんど取り切った三年生の夏休み前、彼は笑いながら行ってくるとだけ言った。周りが就職活動に必死になり始めた中、憑き物が落ちたような顔で、ただ一言自分に言った。

『土産待ってるからちゃんと帰ってこいよ』

こう言わないと、どこかに消えてしまいそうだった。友人は笑いながら、帰って来ると口にしたが、こっちは気が気じゃなかった。帰って来ない友人を心配していたが、時折来る連絡に安堵したのも事実だった。春先になって彼が帰って来た日には、少々泣きそうになったのを憶えている。迎えに行った空港で半年振りに会った彼は、様子が変わっていた。自信満々でキラキラ輝いていて、とても楽しそうに見えた。土産話を聞いて、彼が経験してきた全てを知った時、ああ、良かったと安心したものだ。

あれほど消えてしまいそうだった友人は、想い人の残した一筋の光を頼りに深海から浮上した。光を大きくさせて、新たな希望を求めた。沈む事を選ばなかったのは、彼を変えた想い人のおかげだろう。生きている内に会ってみたかったものだ。

人生には選ばなければいけない瞬間がある。自分の選択がこの先の未来を変える瞬間は、長い人生の中で何度もやって来る。その時、我々は誰かに頼る事も出来ず、自分で決めなければならない。選択が後悔を作りこの先を大きく変える。だからこそ、我々は思い悩み道を選ぶ苦労をする。さながら光のない深海を進む潜水艦のようだ。

しかし、どんな結末を選んでもいつかは浮上するだろう。暗闇を永遠に突き進む事はない。人は希望を見出す生き物だから、小さな光を頼りに日の当たる場所まで行くだろう。

そんな事を、摩天楼と化した東京の空を眺めて思う。久し振りにやって来たこの街は星が見えない。先日まで天の川が視認出来るような場所でカメラを構えていたから不思議で仕方なかった。空気が汚く感じるのは気のせいではないだろう。けれど、この街は嫌いじゃなかった。どれだけ美しい景色を見て、人に会い、街を歩いても、安心するのは慣れ親しんだ地元だ。

ふと、ポケットが震えた。画面を見れば、先程まで思い返していた友人の名前が映っている。学生時代何度も訪れた大衆居酒屋の名前が書かれていて、いくつになっても変わらない関係性に顔が綻んだ。リュックサックを背負いなおして首から下げたカメラを構える。雲の隙間から、月が現れて街を幻想的に染め上げた。レンズの向こう側、シャッターを切る指が僅かに震えた。


　さて、大人になった我々の話をしよう。

　友人の一言に背を押された自分はカメラで生きていく事を決めた。最初は売れずに伸び悩んでいたが、ある一枚の写真を撮ってから人気が出た自分は、世界を股にかけて活躍するプロのカメラマンになる事が出来た。この写真も、友人と想い人のおかげであったが、きっと語るのは無粋だろう。

　あの夏、想い人を亡くした友人は次の年から世界中を旅するようになった。初めにフランスの港町、そこからヨーロッパを巡り、大陸を渡ってアメリカへ、南米にも足を運び、アジア圏にも行ったらしい。彼が足を運んでいない大陸はこの世界のどこにも無い状態になったようだ。つい先日、南極に足を着けた事で全ての大陸を制覇した男になった。恐ろしい事である。

　旅の傍ら書き始めた彼の文章がある出版社の目に留まったおかげで、彼はライターとしての地位を手に入れた。今ではその界隈で知らぬ人間はいないほど有名な人間になった友人だが、日本に帰る度に必ず顔を合わせるのは、文章を書く彼と写真を撮る自分が共に仕事をする事が出来るようになったからだ。彼の旅行記に写真を添えるのは、いつしか自分の役目になった。自分で撮った写真を使えばいいじゃないかと話したのだが、彼には写真のセンスが絶望的になかった。アルバムに残っている画像は、ぶれている写真ばかりだ。

十年以上前に足しげく通った大衆居酒屋の暖簾(のれん)を上げ、中に入る。乱雑に貼られたメニューが壁一面に垂れ下がっていた。古びた木目調の席、紺色のくたびれた座布団、学生たちの騒ぎ声は今も昔も変わらない。煙草(たばこ)の煙が宙に舞い、視界が一瞬白く染まった。そして、奥の席に座っていた友人の隣に、誰かを見た。

それは一瞬の出来事で、言葉にするのも躊躇うような時間だった。隣の客が吸っていた煙草の煙が、白いワンピースを形作った。携帯電話の画面に夢中の友人は気付かず、彼の首元に下がっている真昼の空の色をした結晶が照明に反射して一度光った。誰かは微笑んで、口元に人差し指を添えた後、煙のように消えていった。突然の事で足が止まってしまう。席の前で固まった自分を見て、友人は眉間に皺を寄せて訝しんでいた。その顎には無精ひげが中途半端に伸びていて、どうせ伸ばすなら整えろよ、なんてくだらない事を思ってしまった。

「何立ち止まってんの？」

口にしようとした。しかし、先程の誰かを思い出して、言いかけた言葉を喉奥に呑み込んだ。唇の前で形作られた人差し指が、話す事を止めているような気がしたからだ。寄り添うように包み込んでいた誰かは、いつか友人に見せてもらった彼女に似ているような気がした。忙しさが見せた幻影なのかもしれない。しかし、それを幻影と片づける気にはなれなかった。

「……何でもねぇよ」

瞳を閉じればそこには友人が座っているだけだった。自然に口角が上がるのが分かり、向かいの席に腰かけた後も笑みは崩れず、気持ち悪いと言われても微笑みは消えなかった。

あとがき

小説刊行三作目、初めてあとがきを書きます。理由は至ってシンプル、ファンの方々が読みたいと仰ったから。本人はそこまでの重要性を感じていなかったけど需要があるみたい。

そんなこんなで、『さよならノーチラス　最後の恋と、巡る夏』をお手に取っていただきありがとうございます。優衣羽です。初めましても不思議な感じ。このあとがきが反響を呼んだら次もあとがきを書こうと思っているのですが、「作品の雰囲気を壊すから駄目」って言われない事を願っておいてください。今から綺麗な話をします。

人生は間違いなく自分の物語であるけれど、先は分からぬ曖昧な物語です。行く末を選択しても正誤はない。何て酷い物語だと思いません？　思うよね？　ね？

そんな人生を一寸先も見えない暗闇が広がる深海と考えた時、我々は潜水艦なのではないかと思いました。深海を探索するその姿はさながら、迷いながらも人生を歩む人に思えたのです。ですが先の見えない深海を冒険するには光が必要です。その光こそ希望ではないかと思いました。今にも消えてしまいそうで、けれどそこにあり続ける。希望とは不確定ながらも人を救う要素です。

先の見えない暗闇が続く人生だとしても、終わりは必ず訪れる。明けない夜はないように、生きている限り季節が巡るように、いつかは必ず浮上しなければならない。浮上して現実と向き合い、歩いて行かなければならない。そんな思いを胸に書いた作品でした。

希望のきっかけは他人の言葉かもしれない。大切な人かもしれない。けれどその希望をものにして夜明けを見るために足掻くのは、間違いなく我々の努力です。だから今辛い思いをしていても、いつかは浮上する事を忘れないでください。

夏は終わるよ。秋が来て冬になり再び春の風が吹く。次の夏が君にとって、幸せである事を願いこの文章を終わりにします。どうかその時まで忘れられない事を願って。

それでは皆さんお元気で。また会う日まであでゅー。

さよならノーチラス
最後の恋と、巡る夏
優衣羽

2020年8月5日初版発行
発行者……千葉 均
発行所……株式会社ポプラ社
〒102-8519 東京都千代田区麹町4-2-6
電話……03-5877-8109(営業)
03-5877-8112(編集)
フォーマットデザイン 荻窪裕司(design clopper)
組版・校閲 株式会社鷗来堂
印刷・製本 中央精版印刷株式会社

ポプラ文庫ピュアフル

ホームページ www.poplar.co.jp

N.D.C.913/259p/15cm
ISBN978-4-591-16732-8
P8111300